Bibliografische Information der Deutschen Nationalbibliothek

Die Deutsche Nationalbibliothek verzeichnet diese Publikation in der Deutschen Nationalbibliografie; detaillierte bibliografische Daten sind im Internet über http://dnb.dnb.de abrufbar.

Umschlaggestaltung: BoutiqueBrutal.com
Druck und Bindung: GGP Media GmbH, Pößneck
ISBN 978-3-99027-237-4

MIX
Papier aus verantwortungsvollen Quellen
FSC® C014496

JEROME K. JEROME

Zwei Mann auf Pilgerfahrt

aus dem Englischen übersetzt
und herausgegeben
von Alexander Pechmann

JUNG
UND
JUNG

Vorwort

Vor einigen Monaten sagte ein Freund zu mir: »Warum schreibst du nicht mal ein *vernünftiges* Buch? Es wäre schön, wenn du die Leute zum Nachdenken bringst.«

»Du glaubst, das wäre möglich?«, fragte ich.

»Versuch's doch«, erwiderte er.

Also habe ich es versucht. Dies ist ein vernünftiges Buch. Das sollten Sie wissen. Es ist ein Buch, das Ihren Horizont erweitert. In diesem Buch erzähle ich Ihnen alles über Deutschland – zumindest alles, was ich darüber weiß – und die Passionsspiele in Oberammergau. Ich erzähle Ihnen auch von anderen Dingen. Über diese anderen Dinge erzähle ich Ihnen nicht alles, was ich weiß, denn ich möchte Sie nicht in Wissen ersäufen. Ich möchte Sie Schritt für Schritt heranführen. Sobald Sie dieses Buch verinnerlicht haben, können Sie wiederkommen, und ich erzähle Ihnen ein wenig mehr. Ich würde nur meine Absicht vereiteln, sollte ich Ihnen womöglich eine bleibende Abneigung gegen das Lernen vermitteln, indem ich Ihnen schon zu Beginn zu viel Stoff zum Nachdenken gebe. Ich präsentiere das Thema absichtlich in zwangloser und fesselnder Form, um die Aufmerksamkeit der Jungen und Leichtsinnigen zu erregen. Ich möchte verhindern, dass Sie beim Weiterlesen bemerken, dass man Sie belehrt, und deshalb habe ich versucht, so gut wie möglich vor Ihnen zu verbergen, dass dies entweder ein außergewöhnlich kluges oder ein außergewöhnlich nützliches Werk ist. Ich möchte ihnen etwas Gutes tun, ohne dass Sie es merken. Ich möchte Ihnen allen Gutes tun – Ihren Horizont erweitern und Sie, wenn möglich, zum Nachdenken bringen.

Was Sie denken, nachdem Sie das Buch gelesen haben, interessiert mich nicht. Tatsächlich würde ich es nur ungern erfahren. Als Lohn genügt mir das Gefühl, meine Pflicht getan zu haben, sowie ein Anteil am Bruttogewinn.

London, März 1891

Montag, der 19.

Mein Freund B. – Einladung ins Theater – Eine überaus unerfreuliche Regel – Sehnsüchte eines künftigen Reisenden – Wie man das Beste aus seinem Heimatland macht – Freitag, ein Glückstag – Die Pilgerfahrt ist beschlossen

Heute Morgen besuchte mich mein Freund B. und fragte, ob ich am nächsten Montag mit ihm ins Theater gehen wolle.

»Oh, ja! Gewiss, alter Knabe«, erwiderte ich. »Hast du denn Freikarten?«

Er sagte: »Nein, es gibt keine Freikarten. Wir müssen zahlen.«

»Zahlen! Zahlen für einen Theaterbesuch!«, antwortete ich verblüfft. »Ach, Quatsch, du beliebst zu scherzen!«

»Mein Lieber«, gab er zurück, »glaubst du, ich würde vorschlagen zu zahlen, wenn es eine andere Möglichkeit gäbe, reinzukommen? Doch die Leute, die dieses Theater leiten, haben nicht die geringste Ahnung, was ›Freikartenliste‹ bedeutet. Diese unzivilisierten Barbaren! Es hat keinen Zweck, ihnen vorzugaukeln, du seist von der Presse, denn sie wollen die Presse nicht dabeihaben. Sie halten nichts von der Presse. Es ist sinnlos, dem Theaterdirektor zu schreiben, denn es gibt keinen Theaterdirektor. Es wäre Zeitverschwendung, ihnen anzubieten, ihre Theaterprogramme abzudrucken, denn sie haben keine – keine gewöhnlichen. Wenn du rein möchtest, um die Show zu sehen, musst du zahlen. Zahlst du nicht, bleibst du draußen. So lautet ihre brutale Regel.«

»Grundgütiger«, sagte ich, »was für eine überaus unerfreuliche Regel! Und wo ist nun dieses außergewöhnliche Theater? Ich kann mich nicht erinnern, es je besucht zu haben.«

»Ich glaube nicht, dass du je dort warst«, erwiderte er, »es ist in Oberammergau – erste Ausfahrt links nach dem Bahnhof Oberau, fünfzig Meilen von München.«

»Hm! Ziemlich abgelegen für ein Theater«, sagte ich. »Hätte nie gedacht, dass so ein Provinzhaus es sich leisten kann, sich derart wichtigzumachen.«

»Das Haus fasst siebentausend Besucher«, antwortete mein Freund B. »Und jede Aufführung macht sich bezahlt. Die erste Inszenierung ist am nächsten Montag. Kommst du mit?«

Ich überlegte kurz, blickte in meinen Kalender, sah, dass Tante Emma uns von Samstag bis Mittwoch besuchen wollte, berechnete, dass ich sie verpassen und vielleicht jahrelang nicht wiedersehen würde, wenn ich verreiste, und beschloss, es zu tun.

Um die Wahrheit zu sagen, reizte mich die Reise mehr als die Aufführung. Ich träumte seit jeher davon, ein großer Reisender zu sein. Ich brenne darauf, etwas wie das Folgende schreiben zu können:

»Ich rauchte meine duftende Havanna in den sonnigen Straßen des alten Madrid und schmauchte die grobe und nicht sonderlich wohlriechende Friedenspfeife in den zugigen Wigwams des Wilden Westens. Ich nippte meinen Abendkaffee im stillen Zelt, während das angepflockte Kamel draußen das Wüstengras abweidete, und ich schlürfte den feurigen Brandy des Nordens, derweil das Rentier neben mir in der Hütte sein Futter mampfte und das fahle Licht der Mitternachtssonne die Schatten der Kiefern auf den Schnee warf. Ich spürte den Stich glänzender Augen, die mich in den schmalen Gassen von Byzanz aus verschleierten Gesichtern gespenstisch musterten, und ich erwiderte das Lachen (was sich als Fehler erwies) der frechen, anzüglichen Blicke der schwarzäugigen Mädchen von Jedo. Ich wanderte, wo der gute – aber nicht allzu gute – Harun Alraschid bei Einbruch der Nacht verkleidet umherschlich, den treuen Mesrour an seiner Seite. Ich verweilte auf der Brücke, wo Dante die anbetungswürdige Beatrice vorbeischreiten sah. Ich trieb auf den Wassern, die einst Kleopatras Barke trugen. Ich stand, wo Caesar fiel. Ich hörte das sanfte Rascheln der reichverzierten, kostbaren Roben in den Salons von Mayfair und lauschte dem Klappern der Zahnketten an den Ebenholzhälsen der Schönen von Tongatabu. Ich keuchte unter den brennenden Strahlen von Indiens Sonne und fror in den eisigen Stürmen Grönlands. Ich mischte mich unter die wimmelnden Horden des alten Kathai, und tief in den großen Kiefernwäldern der westlichen Welt lag ich, in meine Decke gehüllt, tausend Meilen entfernt von den Gestaden menschlichen Lebens.«

B., dem ich meine Vorliebe für diese Art zu schreiben erläutert hatte, meinte, man könne denselben Effekt erzielen, indem man über Orte schrieb, die direkt vor der Haustür lagen. Er sagte:

»Man könnte so weitermachen, ohne England je verlassen zu haben. Folgendermaßen:

Ich rauchte meinen Four-Penny-Shag in den sandbestreuten Bars der Fleet Street, und ich schmauchte meine Two-Penny-Manilla in den vergoldeten Sälen des Criterion. Ich schlürfte mein schäumendes Bier bei Burton, wo Islingtons namhafter Engel die kleinen Durstigen unter seine schattigen Fittiche nimmt, und ich nippte meinen Ten-Penny-*Ordinaire* in manch einem knoblauchgeräucherten Salon in Soho. Auf dem Rücken eines seltsam einherschreitenden Esels bin ich über die sandigen Heiden von Hampstead gejagt – oder, genauer, der Eigentümer des Esels oder sein Agent hat mich gejagt –, und mein Kanu scheuchte die schreiende Wildente aus ihren einsamen Schlupfwinkeln inmitten der subtropischen Gefilde von Battersea. Den langen, steilen Abhang von One Tree Hill rollte ich von oben bis unten hinab, derweil lachende Maiden des Orients herumstanden, klatschten und johlten; und in dem altertümlichen Park jenes freundlichen Hofs, wo die blonden Kinder der unglückseligen Stuarts spielten, wanderte ich lang auf manch einem Pfad, mein Arm um die Taille einer von Evas lieblichen Töchtern geschlungen, während ihre Mutter erbost auf der anderen Seite der Hecke tobte und uns doch nie zu nahe kam. Auf der Suche nach der Pension Norfolk Howard folgte ich einer Spur bis zu ihrem wässrigen Tod im fahlen Licht der Laterne. Ich folgte zitternd dem hüpfenden Floh über manche Meile aus Kissen und Decken, am Rand des großen Atlantic. Immerzu im Kreis, bis das Herz – und nicht nur das Herz – leidet und das irre Hirn wirbelt und sich dreht, ritt ich das kleine, aber äußerst harte Pferd, das man für einen Penny auf den Ebenen von Peckham Rye besteigen kann. Und hoch über den Köpfen der leichtsinnigen Scharen von Barnet (obgleich ich bezweifle, dass einer von ihnen nur halb so leichtsinnig war wie ich) schaukelte ich in einer buntbemalten Gondel, von einem Mann mit einem Seil betrieben. Würdevollen Schrittes betrat ich den Boden der Kensington Town Hall (Eintrittskarten eine Guinee pro Person, Erfrischungen inklusive –

vorausgesetzt, man dringt durch die Menge bis dahin vor), und auf dem grünen Rasen des Waldes an der Grenze zu Ostanglien, neben der vielbesungenen Stadt Epping, gab ich im Boxring uralte Rituale zum Besten. Ich mischte mich am zweiten Weihnachtsabend unter die wimmelnden Horden von Drury Lane, und während der Aufführung eines hochklassigen Stücks saß ich in einsamer Pracht in der ersten Reihe, dritter Rang, und wünschte, ich hätte meinen Shilling stattdessen in den orientalischen Sälen der Alhambra ausgegeben.«

»Siehst du«, sagte B., »das ist genauso gut wie deins. Und man kann derlei schreiben, ohne länger als ein paar Stunden aus London hinauszufahren.«

»Lassen wir das«, erwiderte ich. »Mir ist klar, dass du meine Gefühle nicht teilst. In deiner Brust pocht nicht das wilde Herz des Reisenden. Du kannst seine Sehnsüchte nicht begreifen. Egal! Was zählt, ist, dass ich dich auf deiner Reise begleiten werde. Ich kaufe heute Nachmittag ein deutsches Wörterbuch und einen Anzug mit Karomuster und ein blaues Staubschutztuch und einen weißen Regenschirm und was der englische Tourist in Deutschland sonst noch braucht. Wann geht's los?«

»Naja«, sagte er, »die Reise dauert gut zwei Tage. Brechen wir also am Freitag auf.«

»Ist Freitag nicht ein eher unglückverheißender Tag für eine Abreise?«, meinte ich.

»Oh, Grundgütiger!«, erwiderte er recht barsch. »Was für ein Unfug kommt als nächstes? Als würde die Lage in Europa vom Herrgott darauf abgestimmt, ob du und ich donnerstags oder freitags zu einem Ausflug aufbrechen.«

Er sagte, er sei erstaunt, dass ein Mann, der mitunter so vernünftig sein könne wie ich, für solches Altweibergeschwätz auch nur das Geringste übrig habe. Vor Jahren, er sei noch ein dummer Junge gewesen, sei er selbst diesem albernen Aberglauben aufgesessen und wäre nie auf die Idee gekommen, an einem Freitag abzureisen.

Doch einmal habe er es dennoch tun müssen. Damals hieß es, entweder Freitag aufbrechen oder gar nicht, und er habe beschlossen, es zu riskieren.

Er zog los und rechnete mit einer Reihe von Unfällen und Missgeschicken. Das einzige klitzekleine Vergnügen, das er sich von seiner Reise erhoffte, war, lebendig heimzukehren.

Es stellte sich jedoch heraus, dass er noch nie im Leben einen schöneren Urlaub gehabt hatte. Das ganze Unternehmen war ein gewaltiger Erfolg.

Und hinterher hatte er sich vorgenommen, immer nur an Freitagen abzureisen. Was er auch stets getan hat, und jedes Mal hatte er eine schöne Zeit.

Er sagte, er wolle mittlerweile nie, unter keinen Umständen, an einem anderen Tag als Freitag aufbrechen. Dieser Aberglaube über Freitage sei einfach lächerlich.

Also vereinbarten wir, am Freitag loszufahren, und ich treffe ihn abends um Viertel vor acht an der Victoria Station.

Donnerstag, der 22.

Die Gepäcksfrage – Vorschlag des ersten Freundes – Vorschlag des zweiten Freundes – Vorschlag des dritten Freundes – Mrs. Briggs' Rat – Der Rat unseres Vikars – Der Rat seiner Frau – Ärztlicher Rat – Literarischer Rat – Georges Empfehlung – Hilfe meiner Schwägerin – Young Smiths Rat – Meine eigenen Überlegungen – B.s Überlegung

Heute habe ich mir gründlich den Kopf darüber zerbrochen, was ich an Gepäck mitnehmen soll. Morgens traf ich einen Mann, und er meinte:

»Oh, wenn Sie nach Oberammergau fahren, vergessen Sie bloß nicht jede Menge warme Kleidung einzupacken. Da drüben werden Sie all Ihre Wintersachen brauchen.«

Er sagte, ein Freund von ihm sei vor ein paar Jahren dorthin gefahren, hätte nicht genug warme Sachen mitgenommen, habe sich erkältet, sei heimgefahren und gestorben. Er sagte:

»Hören Sie auf mich und nehmen Sie viele warme Sachen mit.«

Später traf ich einen anderen Mann, und er sagte:

»Wie man hört, wollen Sie verreisen. Sagen Sie mir doch, welchen Teil von Europa besuchen Sie?«

Ich antwortete, einen Teil irgendwo in der Mitte. Er sagte:

»Also, hören Sie auf meinen Rat und besorgen Sie sich einen Kalikoanzug und einen Sonnenschirm. Stören Sie sich nicht daran, wie das Ding aussieht. Sie werden froh sein darüber. Sie können sich gar nicht vorstellen, wie heiß es um diese Jahreszeit auf dem Kontinent ist. Engländer wollen unbedingt in derselben dicken Kleidung auf dem Kontinent umherreisen, die sie zu Hause tragen. Deshalb bekommen so viele von ihnen einen Sonnenstich und tragen lebenslange Schäden davon.«

Ich ging in den Club und traf dort einen Freund – einen Zeitungskorrespondenten –, der ziemlich viel herumgekommen war und Europa recht gut kennt. Ich erzählte ihm, was meine anderen beiden Freunde gesagt hatten, und fragte ihn, wem ich glauben solle. Er sagte:

»Nun, eigentlich haben beide recht. In diesen Bergregionen oben wechselt das Wetter sehr schnell. Morgens mag es heiß sein wie im Backofen und Sie zerrinnen, aber abends sind Sie vielleicht sehr froh über ein Flanellhemd und einen Pelzmantel.«

»Aber das ist ja genau dasselbe Wetter wie bei uns in England!«, rief ich. »Wenn das alles ist, was diese Ausländer bei sich zu Hause zu bieten haben, welches Recht haben sie dann, herzukommen und über unser Wetter zu schimpfen, so wie sie's immer tun?«

»Stimmt schon«, erwiderte er, »sie haben kein Recht dazu. Doch man kann sie nicht davon abhalten – sie tun es trotzdem. Nein, folgen Sie meinem Rat und seien Sie auf alles vorbereitet. Nehmen Sie einen leichten Anzug und ein paar dünne Sachen mit, für den Fall, dass es warm wird, und reichlich warme Sachen für den Fall, dass es kalt ist.«

Zu Hause traf ich auf Mrs. Briggs, die gekommen war, um nach dem Baby zu sehen. Sie sagte:

»Oh! Wenn Sie irgendwo in die Nähe von Deutschland reisen, nehmen sie ein Stück Seife mit.«

Sie sagte, Mr. Biggs habe einmal auf die Schnelle eine

Geschäftsreise nach Deutschland unternehmen müssen und vergessen, Seife mitzunehmen, und da er nicht gut genug Deutsch gesprochen habe, um dort darum zu bitten, und auch niemanden getroffen habe, den er hätte fragen können, selbst wenn er die Sprache beherrscht hätte, sei er drei Wochen fortgeblieben, ohne sich waschen zu können, und so schmutzig heimgekommen, dass sie ihn nicht erkannt und für den Mann gehalten habe, der den Küchenboiler reparieren sollte.

Mrs. Briggs riet mir zudem, ein paar Handtücher mitzunehmen, denn dort seien die Handtücher zum Abtrocknen viel zu klein.

Nach dem Mittagessen ging ich aus und traf unseren Vikar. Er sagte:

»Nehmen Sie eine Decke mit.«

Er sagte, die deutschen Hoteliers würden nicht nur Bettdecken zur Verfügung stellen, die zu dünn seien, um einen warmzuhalten, sondern das Bettzeug auch nie ordentlich lüften. Er sagte, ein junger Freund von ihm sei einmal durch Deutschland gereist und habe in einem feuchten Bett geschlafen, sich ein Nervenfieber geholt, um dann heimzufahren und zu sterben.

An dieser Stelle kam seine Frau hinzu. (Er hatte vor einem Textilgeschäft auf sie gewartet, als ich ihn traf.) Er erklärte ihr, dass ich nach Deutschland reise, und sie sagte:

»Oh! Nehmen Sie ein Kissen mit. Man bekommt dort keine Kissen – nicht solche wie bei uns –, und es ist *einfach* fürchterlich, man kann nachts nicht ordentlich schlafen, wenn man kein Kissen mitnimmt.« Sie sagte: »Sie können sich einen kleinen Beutel dafür machen lassen, und es fällt gar nicht auf.«

Ein paar Schritte weiter traf ich unseren Arzt. Er sagte:»Vergessen Sie nicht, eine Flasche Brandy mitzunehmen. Das braucht nicht viel Platz, und wenn Sie nicht an die deutsche Küche gewöhnt sind, wird er Ihnen abends von Nutzen sein.«

Er fügte hinzu, der Brandy, den man in ausländischen Hotels bekomme, sei reines Gift, und es sei wirklich gefährlich, ohne eine Flasche Brandy ins Ausland zu reisen. Er sagte, etwas so Simples wie eine Flasche Brandy im Koffer könne mein Leben retten.

Auf dem Heimweg stieß ich auf einen befreundeten Schriftsteller. Er sagte:

»Im Zug haben Sie reichlich Zeit, alter Knabe. Fahren Sie oft lange Strecken?«

Ich sagte:

»Naja, ich bin mit dem South Eastern Express von London bis ins Herz von Surrey gefahren.«

»Oh! Das ist nur eine Lappalie im Vergleich zu dem, was jetzt vor Ihnen liegt«, antwortete er. »Schauen Sie, es gibt da eine wunderbare Methode, sich die Zeit zu vertreiben. Nehmen Sie ein Schachbrett und Spielfiguren mit. Sie werden mir noch danken für den Tipp!«

George schaute abends vorbei. Er sagte:

»Alter, ich sag dir, was du unbedingt mitnehmen musst – eine Kiste Zigarren und etwas Tabak.«

Er sagte, die deutsche Zigarre – die bessere Sorte deutscher Zigarren – sei eine Marke, welche man hierzulande unter der Bezeichnung »Penny Pickwick – Spring Crop« kenne. Er meinte, dass ich während des kurzen Aufenthalts, den ich plane, nicht die Zeit finden würde, auf den Geschmack zu kommen.

Meine Schwägerin kam später am Abend vorbei (sie

ist ein rücksichtsvolles Mädchen) und brachte eine Kiste mit, die etwa so groß war wie eine Teekiste. Sie sagte:

»Also, pack das mal in deinen Koffer, du wirst noch froh sein darüber. Da ist alles drin, um sich eine Tasse Tee zuzubereiten.«

Sie sagte, in Deutschland wisse man nicht, wie man Tee kocht, doch mit diesem Zubehör wäre ich unabhängig.

Sie öffnete die Kiste und erläuterte mir den Inhalt. Es war gewiss eine herrlich vollständige Sammlung. Sie enthielt eine kleine Teedose, ein Milchfläschchen, eine Schachtel Zucker, eine Flasche Methylalkohol, eine Butterschale, eine Keksbüchse. Dazu ein Kocher, ein Kessel, eine Teekanne, zwei Tassen, zwei Untertassen, zwei Teller, zwei Messer und zwei Löffel. Wäre auch noch ein Bett darin gewesen, hätte man auf Hotels ganz verzichten können.

Young Smith, der Sekretär unseres Fotoclubs, klingelte um neun, um mich zu bitten, ein Negativ von der Statue des sterbenden Gladiators in der Münchner Statuensammlung zu machen. Ich sagte, diesen Gefallen würde ich ihm gern tun, ich hätte aber nicht die Absicht, meine Kamera mitzunehmen.

»Sie nehmen keine Kamera mit!«, sagte er. »Sie reisen nach Deutschland – ins Rheinland! Sie fahren durch die malerischste Landschaft, besuchen einige der ältesten und berühmtesten Städte Europas und lassen Ihren Fotoapparat zu Hause! Und Sie wollen Künstler sein!«

Er sagte, nichts im Leben würde ich mehr bedauern, als die Kamera zu Hause gelassen zu haben.

Natürlich ist es richtig, den Rat anderer einzuholen, wenn es um Angelegenheiten geht, über die sie mehr wissen als man selbst. Die Erfahrung der Vorgänger ist es, die den Weg für die Nachfolgenden ebnet. Also sammelte ich nach dem Essen all die Sachen zusammen, die man mir mitzunehmen geraten hatte, legte sie auf dem Bett aus und noch ein paar Dinge dazu, auf die ich ganz allein gekommen war.

Ich nahm reichlich Briefpapier und eine Flasche Tinte sowie ein Wörterbuch und einige andere Nachschlagewerke, für den Fall, dass mir während meiner Reise nach Arbeit zumute war. Ich bin gern jederzeit aufs Arbeiten vorbereitet; man weiß nie, wann man Lust darauf verspürt. Manchmal, auf Reisen, wenn ich vergessen hatte, Papier und Schreibzeug und Tinte mitzunehmen und große Lust verspürte zu arbeiten, hat es mich ziemlich geärgert, dass ich nur deshalb nicht jede Menge erledigen konnte, weil ich Papier, Schreibzeug und Tinte vergessen hatte, und stattdessen gezwungen war, den ganzen Tag mit den Händen in den Taschen herumzulungern.

Deshalb nehme ich jetzt jedes Mal reichlich Papier und Schreibzeug und Tinte mit, ganz gleich, wohin die Reise geht, damit ich mich nicht bremsen muss, wenn ich mich nach Arbeit sehne.

Dass diese Sehnsucht mich so oft plagte, wenn ich kein Papier, kein Schreibzeug und keine Tinte dabei hatte, und mich nun, da ich darauf achte, sie stillen zu können, unter gar keinen Umständen mehr befällt, ist etwas, über das ich mir oft den Kopf zerbrochen habe.

Sollte sie sich aber trotzdem einstellen, bin ich bereit.

Außerdem legte ich ein paar Bände Goethe aufs Bett, denn ich dachte, es wäre so schön, ihn in seinem Heimatland zu lesen. Und ich beschloss, einen Schwamm mitsamt einer kleinen tragbaren Badewanne mitzunehmen, denn nichts ist morgens, gleich nach dem Aufstehen, so erfrischend wie ein kaltes Bad.

B. kam herein, gerade als ich alles aufgestapelt hatte. Er starrte auf das Bett und fragte mich, was ich da mache. Koffer packen, erklärte ich ihm.

»Grundgütiger!«, rief er. »Ich dachte, du ziehst um! Was glaubst du, haben wir vor – kampieren?«

»Nein!«, erwiderte ich. »Aber das sind die Dinge, die man mir geraten hat mitzunehmen. Was nützen anderer Leute Ratschläge, wenn man sie nicht befolgt?«

Er sagte:

»Oh! Nimm so viele Ratschläge an wie du möchtest, die sind zum Verteilen immer ganz nützlich. Aber pack um Himmels willen nicht den ganzen Krempel hier ein. Man hält uns sonst für Zigeuner.«

Ich sagte:

»Jetzt rede bloß keinen Unfug. Die Hälfte des Zeugs auf dem Bett ist lebenswichtig. Wer ohne diese Sachen nach Deutschland reist, kommt heim und stirbt.«

Und ich erzählte ihm, was der Arzt, der Vikar und die anderen mir gesagt hatten, und erklärte ihm, wie mein Leben davon abhing, Brandy und Bettdecken und Sonnenschirme und jede Menge warme Klamotten mitzunehmen.

Aber dieser B. schert sich kein bisschen um Gefahren und Risiken – denen sich andere Leute aussetzen. Er sagte:

»Oh, Mumpitz! Du gehörst nicht zu denen, die sich erkälten und jung sterben. Lass dein Warenlager zu Hause und nimm eine Zahnbürste, einen Kamm, ein Paar Socken und ein Hemd mit. Mehr brauchst du nicht.«

Ich habe mehr als das eingepackt, aber nicht viel mehr. Jedenfalls hat alles in einen kleinen Koffer gepasst. Das Tee-Service hätte ich allzu gern mitgenommen – es wäre so nett gewesen, sich im Zug damit zu beschäftigen –, doch B. wollte nichts davon hören.

Ich hoffe, das Wetter schlägt nicht um.

Freitag, der 23.

Früh aufstehen – Ballast sollte im Frachtraum verstaut werden, ehe man in See sticht – Ärgerliche Einmischung der Vorsehung in Dinge, von denen sie nichts versteht – Eine sozialistische Gesellschaft – B. verkennt mich – Eine uninteressante Anekdote – Wir liegen in Ballast – Ein bescheidener Seemann – Ein verspieltes Boot

Ich bin heute Morgen sehr früh aufgestanden. Ich weiß nicht, warum ich früh aufgestanden bin. Wir fahren erst um acht Uhr abends los. Aber ich bereue es nicht – früh aufzustehen, meine ich. Ist mal was anderes. Ich habe auch alle anderen geweckt, und um sieben haben wir zusammen gefrühstückt.

Ich hatte ein ausgezeichnetes Mittagessen. Einer von diesen Seefahrern sagte mir einmal:

»Also, wenn Sie je eine kurze Überfahrt machen und etwas nervös sind, sorgen Sie für reichlich Ballast. Der Ballast im Frachtraum ist's, der das Schiff ruhig hält. Die halbleeren Kreuzer sind's, die ständig am Rollen und Stampfen und Schaukeln sind und die meiste Zeit das Heck in die Luft strecken. Sorgen Sie für Ballast.«

Der Rat kam mir sehr vernünftig vor.

Am Nachmittag kam Tante Emma. Sie sagte, sie sei so froh, mich noch erwischt zu haben. Irgendetwas hatte sie dazu gebracht, ihren Plan zu ändern und freitags statt samstags zu kommen. Sie sagte, es sei die Vorsehung gewesen.

Ich wünschte, die Vorsehung kümmerte sich um ihren eigenen Kram, anstatt sich in meine Angelegenheiten einzumischen: Sie hat keine Ahnung davon.

Tante Emma sagt, sie bleibe, bis ich zurück bin, denn sie möchte mich vor ihrer Abreise gern wiedersehen. Ich sagte ihr, ich sei vielleicht einen Monat lang fort. Sie meinte, das sei egal; sie habe reichlich Zeit und werde auf mich warten.

Die Familie flehte mich an, bald heimzukommen.

Ich hatte ein überaus ordentliches Abendessen – »sorgte für reichlich Ballast«, wie mein seefahrender Freund es ausgedrückt hätte; sagte allen »Auf Wiedersehen!« und küsste Tante Emma; versprach, gut auf mich aufzupassen – ein Versprechen, das ich mit Gottes Hilfe treulich und um jeden Preis halten werde –, rief eine Droschke und fuhr los.

Ich erreichte Victoria eine Weile vor B. Ich sicherte uns zwei Eckplätze in einem Raucherwagen und schritt dann, auf meinen Freund wartend, am Bahnsteig auf und ab.

Wer nichts anderes hat, um sich zu beschäftigen, beginnt nachzudenken. Da ich nichts Besseres zu tun hatte, bis B. eintraf, begann ich zu grübeln.

Was für ein wundervolles Beispiel für Sozialismus ist die moderne Zivilisation geworden! – Ich meine nicht den Sozialismus der sogenannten Sozialisten – ein System, das sich augenscheinlich an Gefängnismethoden orientiert – ein System, in dem jeder elende Sünder gezwungen wird, wie ein Maulesel zu arbeiten, und dies nicht zu seinem eigenen Wohl, sondern zum Wohl der Gemeinschaft – eine Welt, in der es keine Menschen geben darf, nur Nummern – wo es keinen Ehrgeiz, keine Hoffnung, keine Angst geben darf – ich meine den Sozialismus freier Menschen, die Seite an Seite in einer gemeinsamen Werkstatt arbeiten, ein jeder für den Lohn, auf den seine Fähigkeiten und sein Fleiß ihm ein Anrecht geben; den Sozialismus verantwortlicher, denkender Individuen, nicht den staatlich gelenkter Automaten.

Da stand ich nun und sollte im Tausch gegen die Früchte einiger meiner Arbeiten von der Gesellschaft nach Mitteleuropa und wieder zurückgeschickt werden, um einen Ausflug zu machen. Man hatte auf einer Länge von siebenhundert bis achthundert Meilen Eisenbahnschienen verlegt, damit ich reisen konnte; man hatte Brücken gebaut, Tunnel gegraben; eine Armee von Ingenieuren und Wachleuten und Stellwärtern und Schaffnern und Beamten wartete darauf, sich meiner anzunehmen und sich um meine Bequemlichkeit und Sicherheit zu kümmern. Alles, was ich tun musste, war, der Gesellschaft (hier in Gestalt eines Fahrkartenverkäufers) zu sagen, wohin ich reisen wollte, und in den Wagen zu steigen; alles andere würde für mich erledigt werden. Bücher und Zeitungen waren geschrieben und gedruckt worden, damit ich sie lesen konnte, falls ich mir während der Fahrt die Zeit zu vertreiben wünschte. An verschiedenen Orten auf der Strecke hatte die Gesellschaft rücksichtsvoll darauf geachtet, alle möglichen Erfrischungen für mich bereitzustellen (ihre Sandwiches könnten ein wenig frischer sein, aber vielleicht ist sie ja der Meinung, ofenfrisches Brot wäre nicht gut für mich). Wenn ich des Reisens müde bin und ausruhen möchte, wartet die Gesellschaft mit einem Abendessen und einem bequemen Bett auf mich, mit heißem und kaltem Wasser, um mich zu waschen, und Handtüchern zum Abtrocknen. Wo immer ich hingehe, was immer ich brauche, die Gesellschaft ist, wie der untertänige

Dschinn eines orientalischen Märchens, bereit und erpicht darauf, mir zu helfen, mir zu dienen, meine Wünsche zu erfüllen, mir Freude zu spenden und mich zu verwöhnen. Die Gesellschaft bringt mich nach Oberammergau, sorgt für all meine Bedürfnisse auf dem Weg dorthin, und wenn ich dort bin, zeigt sie mir die Passionsspiele, die sie zu meiner Belehrung inszeniert und einstudiert hat und aufführt; sie bringt mich auf jedem mir genehmen Weg nach Hause, erklärt mir mittels ihrer Reiseführer und Geschichtsbücher unterwegs alles, was mich ihrer Meinung nach interessieren könnte; während meiner Abwesenheit trägt sie all meine Post zu jenen, die ich in England zurückgelassen habe, und schickt mir als Antwort die ihrige; sie hütet und umsorgt und beschützt mich wie eine Mutter – wie keine Mutter es leisten könnte.

Als Gegenleistung verlangt sie von mir nicht mehr, als dass ich die Arbeit tue, die sie mir zugeteilt hat. Die Gesellschaft behandelt den Menschen entsprechend seiner Arbeit.

Zu mir sagt die Gesellschaft: »Du sitzt am Schreibtisch und schreibst, das ist alles, was ich von dir verlange. Du taugst nicht viel, aber du fabrizierst Meter um Meter von etwas, das du und deine Freunde wohl Literatur nennen. Und offenbar macht es einigen Leuten Freude, es zu lesen. Also schön: Du sitzt da und schreibst diese Literatur oder was auch immer und konzentrierst dich darauf. Ich kümmere mich für dich um alles andere. Ich versorge dich mit Schreibzeug, geistreichen und humorvollen Büchern, Klebstoff und Schere und allem, was du sonst noch brauchst, um deinen Beruf auszuüben. Und ich ernähre dich und kleide dich und sorge für eine Unterkunft und bringe dich zu Orten, die du besuchen möchtest; und ich kümmere mich darum, dass du reichlich Tabak und andere praktische Dinge hast, die du wünschst – vorausgesetzt, du arbeitest gut. Je mehr du arbeitest und je besser du arbeitest, desto besser sorge ich für dich. Du schreibst – mehr verlange ich nicht von dir.«

»Aber«, sage ich zur Gesellschaft, »ich mag nicht arbeiten. Ich will nicht arbeiten. Warum sollte ich ein Sklave sein und arbeiten?«

»Na schön«, antwortet die Gesellschaft, »arbeite nicht. Ich zwinge dich nicht dazu. Ich sage nur, dass ich nicht für dich arbeite, wenn du nicht für mich arbeitest. Keine Arbeit von dir, kein Abendessen von mir – keine Ferien, kein Tabak.«

Also entscheide ich mich, ein Sklave zu sein und zu arbeiten.

Der Gesellschaft liegt nichts daran, alle Menschen gleich zu bezahlen. Ihr Ziel ist es, das Gehirn zu ermutigen. Den, der nur mit Muskelkraft arbeitet, hält sie für wenig besser als ein Pferd oder einen Ochsen, und sie sorgt nur ein klein wenig besser für ihn. Doch sobald er beginnt, seinen Kopf zu gebrauchen und vom Arbeiter zum Handwerker aufsteigt, erhöht sie seinen Lohn.

Freilich ist ihre Methode, zum Nachdenken zu ermutigen, sehr mangelhaft. Sie ist von dieser Welt, und ihr Maßstab für Klugheit ist weltlich. Dem seichten, unbedeutenden Schreiberling zahlt sie leider viel mehr als dem tiefgründigen und brillanten Denker, und oft scheint sie die Schlauheit eines Schurken gegenüber dem Verdienst eines Ehrlichen zu begünstigen. Dennoch ist ihr Plan richtig und vernünftig. Ihre Ziele und Absichten sind klar, ihre Methoden funktionieren im Großen und Ganzen recht gut, und sie wird mit jedem Jahr urteilsfähiger.

Eines Tages wird sie vollkommene Weisheit erlangt haben und jedem zahlen, was er verdient.

Kein Grund zur Sorge. Zu unseren Lebzeiten wird es dazu nicht mehr kommen.

Als ich mich umdrehte, während ich immer noch über die Gesellschaft nachdachte, stieß ich auf B. (buchstäblich). Zunächst hielt er mich für einen tölpelhaften Esel, und er sagte das auch, doch als er mich erkannte, entschuldigte er sich für den Irrtum. Auch er war schon eine Weile hier und hatte auf mich gewartet. Ich sagte ihm, ich hätte zwei Eckplätze im Raucherwagen reserviert, und er meinte, er habe dasselbe getan. Dank eines seltsamen Zufalls hatten wir beide denselben Wagen gewählt. Ich hatte die Eckplätze am Wagenende genommen und er die Eckplätze gegenüber. Vier andere Passagiere saßen zusammengedrängt in der Mitte. Wir behielten die Plätze bei der Tür und gaben die anderen frei. Man sollte stets großzügig sein.

Da saß ein überaus redseliger Mann in unserem Wagen. Ich habe noch nie jemanden mit einem so großen Vorrat an vollkommen uninteressanten Geschichten getroffen. Ein Freund begleitete ihn – zumindest war er sein Freund, als sie aufbrachen –, und er redete pausenlos auf ihn ein, von dem Augenblick, da der Zug Victoria Station verließ, bis zur Ankunft in Dover. Zu Beginn erzählte er ihm eine Geschichte über einen Hund. Die Geschichte hatte jedoch keinerlei Pointe. Es war nicht mehr als der trockene Bericht darüber, was der Hund tagein tagaus tat. Der Hund stand morgens auf und bellte an der Tür, und wie sie nach unten gingen und die Tür öffneten, war er da, und er blieb den ganzen Tag im Garten, und wenn seine Frau (nicht die Frau des Hundes, sondern die Frau des Mannes, der die Geschichte erzählte) nachmittags nach draußen ging, lag er schlafend im Gras, und sie brachten ihn ins Haus, und er spielte mit den Kindern, und abends schlief er im Kohlenschuppen, und am nächsten Morgen war er wieder da. Und so weiter, gut vierzig Minuten lang.

Einen sehr engen Kumpel oder einen nahen Verwandten des Hundes hätte dieser Bericht zweifellos gefesselt, doch welches mögliche Interesse ein Fremder – jemand, der den Hund offensichtlich nicht einmal kannte – daran hätte haben können, konnte man sich nur schwer vorstellen.

Der Freund versuchte zunächst, Begeisterung aufzubringen, und murmelte: »Wunderbar!«, »Das ist ja wirklich erstaunlich!«, »Wie eigenartig!«, und half der Geschichte auf die Sprünge, mit Zwischenrufen wie: »Nein, hat er das wirklich?«, »Und was hat er dann getan?«, »War das am Montag oder Dienstag?« Doch im Lauf der Erzählung schien er eine deutliche Abneigung gegen den Hund zu entwickeln und gähnte nur jedesmal, wenn er erwähnt wurde.

Tatsächlich glaube ich, dass ich ihn gegen Ende murmeln hörte: »Oh, zur Hölle mit diesem Hund!« Aber da muss ich mich wohl verhört haben.

Nach der Hundegeschichte rechneten wir mit einer kleinen Verschnaufpause. Doch weit gefehlt, denn mit demselben Atemzug, mit dem er das Hundegeschwätz zum Abschluss brachte, fügte unser redseliger Gefährte hinzu:

»Aber ich kann Ihnen noch etwas viel Witzigeres erzählen …«

Wir alle glaubten ihm aufs Wort. Hätte er geprahlt, er könne eine langweiligere, weniger interessante Geschichte erzählen, hätten wir an ihm gezweifelt, doch die Aussicht, er wäre fähig, etwas Witzigeres zu erzählen, konnten wir bereitwillig akzeptieren.

Aber letztlich war es doch nicht witziger. Nur länger und persönlicher. Es war die Geschichte eines Mannes, der seinen eigenen Sellerie anbaute; und dann, etwas später, stellte sich heraus, dass seine Frau mütterlicherseits die Nichte eines Mannes war, der aus einer alten Packkiste ein Sofa gemacht hatte.

Der Freund warf in der Mitte der Geschichte einen entschuldigenden Blick in die Runde, und sein Gesichtsausdruck schien zu sagen:

»Es tut mir furchtbar leid, Gentlemen, aber es liegt wirklich nicht an mir. Sie sehen, in welcher Lage ich bin. Verurteilen Sie mich nicht. Machen Sie es für mich nicht noch unerträglicher, als es jetzt schon ist.«

Und jeder von uns antwortete mit mitleidigen, mitfühlenden Blicken, die besagten:

»Schon gut, mein Lieber, machen Sie sich keine Gedanken. Wir sehen, wie es ist. Wir wünschten nur, wir könnten etwas für Sie tun.«

Danach wirkte der arme Kerl glücklicher und schicksalsergebener.

In Dover eilten B. und ich an Bord und kamen gerade noch rechtzeitig, um uns die letzten beiden Kojen im Schiff zu sichern, und wir waren froh darüber, denn unser Plan war, uns nach einem guten Essen hinzulegen und seelenruhig zu schlafen.

B. sagte:

»Auf einer Seereise würde ich mich gern schlafen legen und dann aufwachen und merken, dass ich angekommen bin.«

Wir hatten eine äußerst üppige Mahlzeit. Ich erklärte B. das Ballastprinzip meines seefahrenden Freundes, und er stimmte mir zu, dass die Idee vernünftig klang. Und da für das Essen ein Fixpreis veranschlagt wurde und man haben konnte, so viel man wollte, beschlossen wir, das Prinzip auf die Probe zu stellen.

Nach dem Essen verließ B. mich etwas übereilt, so schien es mir zumindest, und ich ging an Deck spazieren. Ich fühlte mich nicht besonders gut. Ich bezeichne mich gern als bescheidenen Seemann. Weder in die eine noch in die andere Richtung neige ich zur Übertreibung. Für gewöhnlich kann ich herumstolzieren und meine Pfeife rauchen und mich mit Lügen über meine Kanalüberfahrten mit den Besten messen. Wenn aber das vorherrscht, was der Kapitän »ein klein wenig Seegang« nennt, fühle ich mich trübselig und versuche, dem Geruch der Maschinen und der Nähe von Leuten zu entkommen, die frische Zigarren rauchen.

Als ich an Deck kam, war da ein Mann, der eine besonders milde und ölige Zigarre rauchte. Ich glaube nicht, dass er sie rauchte, weil sie ihm schmeckte. Ich glaube, er rauchte sie nur, um zu zeigen, wie gut er sich fühlte, und Leute zu ärgern, die sich nicht so gut fühlten.

Ein Mann, der sich an Bord eines Schiffes wohlfühlt, hat etwas eklatant Anstößiges an sich.

Ich weiß, ich bin selbst ein großes Ärgernis, wenn ich mich gut fühle. Es genügt mir nicht, dass mir nicht übel ist. Ich will, dass alle sehen, dass mir nicht übel ist. Ich fühle mich fehl am Platz, wenn ich nicht jedem menschlichen Wesen an Bord mitteilen kann, dass mir nicht übel ist. Ich kann nicht still dasitzen und dankbar sein, wie es ein vernünftiger Mann wohl tun würde. Ich wandere im Schiff umher – rauchend natürlich –, mustere Leute, die sich nicht gut fühlen, mit einem sanften, aber mitleidsvollen Blick des Erstaunens, als fragte ich mich, wie es sich anfühlte und wie sie dazu kamen. Ich weiß, es ist dumm von mir, aber ich kann nicht anders. Wahrscheinlich ist es die menschliche Natur, selbst in den Besten von uns, die uns ein solches Benehmen diktiert.

Ich konnte der Zigarre des Mannes nicht entkommen; wenn es mir gelang, geriet ich in den Dunstkreis des Maschinenraums und wollte unbedingt zurück zur Zigarre. Dazwischen schien es keinen neutralen Boden zu geben.

Hätte ich nicht für den Salon bezahlt, wäre ich ins Vorschiff gegangen. Dort war es viel frischer, und ich wäre im Großen und Ganzen viel glücklicher gewesen. Aber ich wollte nicht für die Erste Klasse bezahlen und dann in der Dritten fahren – das wäre ein schlechtes Geschäft. Nein, ich blieb im noblen Teil des Schiffs und fühlte mich aristokratisch und krank.

Ein Maat, ein Bootsmann oder ein Admiral – in der Dunkelheit konnte ich mir nicht sicher sein – trat an mich heran, als ich meinen Kopf gegen die Ruderkiste lehnte, und fragte mich, was ich von dem Schiff hielt. Er sagte, es sei neu und dies sei seine Jungfernfahrt.

Ich sagte, hoffentlich würde es mit zunehmendem Alter ein bisschen stabiler.

Er erwiderte: »Ja, heute Nacht ist es ein wenig lebhaft.«

Mir schien, das Schiff wollte schlafen und sich auf seine rechte Seite legen. Und dann, ehe es diese Lage noch richtig ausprobiert hatte, änderte es plötzlich seine Meinung und dachte, links wäre doch besser. In dem Moment, da der Mann an mich herantrat, übte es gerade einen Kopfstand. Bevor er zu Ende gesprochen hatte, gab es den Versuch auf, obwohl es sein Ziel fast erreicht hätte, und beschloss, das Wagnis einzugehen, das Wasser ganz zu verlassen.

So etwas nennt man »ein wenig lebhaft!«

Seeleute reden so, weil sie doof sind und es nicht besser wissen. Es hat keinen Zweck, sich über sie zu ärgern.

Schließlich konnte ich doch ein wenig schlafen. Nicht in der Koje, die ich mit so großer Mühe reserviert hatte. Selbst wenn mir jemand hundert Pfund gegeben hätte, wäre ich nicht in dem überfüllten Salon geblieben. Nicht, dass irgendwer auf diese Idee gekommen wäre; noch schien irgendwem daran zu liegen, dass ich dort blieb. Dies wurde mir bald klar, denn das Erste, was ich sah, nachdem es mir gelungen war, mich bis nach unten zu hangeln, war ein Stiefel. Die Luft war erfüllt von Stiefeln. Dort schliefen sechzig Männer – oder, was die Mehrheit anbelangt, sie *versuchten* wohl eher zu schlafen –, einige in Kojen, einige auf Tischen, einige darunter. Ein Mann schlief tatsächlich und schnarchte wie ein Nilpferd – wie ein verschnupftes und heiseres Nilpferd; und die anderen neunundfünfzig setzten sich auf und warfen ihre Stiefel nach ihm. Es war ein schwer verortbares Schnarchen. Niemand wusste genau, aus welcher Koje in dem matt beleuchteten, übelriechenden Raum es kam. In einem Moment schien es heulend und schluchzend von Backbord zu kommen, und im nächsten Augenblick donnerte es scheinbar von Steuerbord heran. So schnappte sich jeder einen Stiefel, der einen in Reichweite hatte, schleuderte ihn wahllos und sprach dabei ein stilles Gebet an die Vorsehung, auf dass sie ihn richtig lenken und ans gewünschte Ziel führen möge.

Ich beobachtete das unheimliche Schauspiel ein, zwei Minuten, schleppte mich dann zurück an Deck und setzte mich – und legte mich auf einer Taurolle schlafen. Und wurde nach einiger Zeit von einem Seemann geweckt, der die Taurolle jemandem an den Kopf werfen wollte, der am Kai von Ostende stand und keiner Menschenseele etwas zuleide tat.

Samstag, der 24.

Ankunft in Ostende – Kaffee und Brötchen – Wie schwierig es ist, sich mit französischen Kellnern auf Deutsch zu unterhalten – Vorteile eines Gewissens, das nicht zu früh erwacht – Triumph der Schurkerei – Tugend wird vor die Tür gesetzt – Ein gemütlicher englischer Streit

Als ich sagte, ich wurde in Ostende »geweckt«, war das nicht die ganze Wahrheit. Ich wurde nicht geweckt – nicht richtig. Danach war ich nur halbwach. Völlig wach wurde ich erst am Nachmittag. Während der Fahrt von Ostende nach Köln schliefen drei Viertel von mir, und ein Viertel war teilweise wach.

In Ostende hatte ich mich jedoch hinreichend aufgerafft, um zu begreifen, dass wir irgendwo angekommen waren, dass ich unsere Koffer finden und irgendetwas tun musste. Dazu gesellte sich ein seltsamer, vager Instinkt, einer, der mich jedoch noch nie in die Irre geführt hat, der im Hinterkopf saß und mir mitteilte, ich befände mich in der Nähe von Speis und Trank, was meine Lebensgeister weckte und meinen Tatendrang anspornte.

Ich lief hinunter in den Salon, wo ich B. traf. Er entschuldigte sich, mich letzte Nacht allein gelassen zu haben. Das hätte er sich sparen können. Ich hatte nicht die geringste Sehnsucht nach ihm verspürt. Wäre die einzige Frau, die ich je geliebt habe, an Bord gewesen, hätte ich mich schweigend hingesetzt und jedem, der sie ansprechen wollte und der Aufgabe gewachsen gewesen wäre, das Feld überlassen. B. sagte, er habe einen Freund getroffen und sich mit ihm unterhalten. Es muss ein ermüdendes Gespräch gewesen sein.

Ich traf auch den Schwätzer und seinen Begleiter. Noch nie habe ich einen einst starken Mann wie diesen dermaßen niedergeschmettert gesehen. Seekrankheit allein, und sei sie noch so heftig, konnte nie und nimmer für seine Veränderung verantwortlich sein, seit er gute sechs Stunden zuvor glücklich und hoffnungsvoll das Zugabteil in Victoria Station betreten hatte. Sein Freund wirkte allerdings frisch und fröhlich und gab gerade eine Anekdote über eine Kuh zum Besten.

Wir schleppten unsere Koffer zum Zoll und öffneten sie; ich setzte mich auf meinen und schlief auf der Stelle ein.

Als ich erwachte, stand vor mir jemand, den ich anfangs für einen Feldmarschall hielt. Ich salutierte aus Gewohnheit – ich war einst Freiwilliger –, doch er deutete melodramatisch auf meinen Koffer. Ich versicherte ihm in malerischem Deutsch, dass ich nichts zu verzollen hätte. Er schien mich nicht zu verstehen, was mir eigenartig vorkam, und entriss mir den Koffer, sodass ich mich nur noch auf den Boden setzen konnte. Doch ich fühlte mich zu müde, um deswegen entrüstet zu sein.

Nachdem man unser Gepäck untersucht hatte, nahmen wir das Büfett unter die Lupe. Mein Instinkt hatte mich nicht getäuscht. Ich fand Kaffee und Brötchen und Butter. Ich bestellte zwei Kaffee mit Milch, Brot und Butter. Ich bestellte alles in meinem besten Deutsch. Da mich niemand verstand, zog ich los und holte mir die Sachen selbst. Diese Methode erspart eine Menge Streit. Die Leute scheinen dann sofort zu begreifen, was man meint.

B. schlug vor, dass ich, solang wir uns in Belgien aufhielten, wo jeder Französisch spricht, aber wirklich nur sehr wenige Deutsch, eine größere Chance hätte, verstanden zu werden, wenn ich weniger Deutsch und mehr Französisch sprach.

Er sagte: »Es wird dir leichter fallen und die Einheimischen weniger belasten. Bleib bei Französisch«, fuhr er fort, »so lang du nur kannst. Mit Französisch wirst du viel besser zurechtkommen. Hin und wieder wirst du Menschen begegnen – klugen, intelligenten Menschen –, die dein Französisch halbwegs verstehen, aber kein menschliches Wesen außer einem Gedankenleser wird je auch nur ansatzweise begreifen, was du meinst, wenn du deutsch sprichst.«

»Oh, wir sind in Belgien«, erwiderte ich schläfrig, »ich dachte, wir wären in Deutschland. Ich hatte ja keine Ahnung.« Und da es mir zwecklos schien, mich länger zu verstellen, fügte ich in einem Anfall von Vertrauensseligkeit hinzu: »Ich weiß nicht, wo ich bin.«

»Das habe ich mir schon gedacht«, antwortete er. »Man sieht es dir an. Wenn du nur ein klein wenig wacher wärst.«

Wir warteten eine gute Stunde in Ostende, bis unser Zug fahrbereit war. Nur ein Wagen trug die Aufschrift »Köln«, und vier Passagiere mehr, als im Abteil Platz hatten, wollten dorthin.

Da wir davon nichts ahnten, hatten B. und ich es nicht eilig, Sitzplätze zu sichern. Nachdem wir unseren Kaffee getrunken hatten, schlenderten wir gemächlich zum Wagen und stellten beim Öffnen der Zugtür fest, dass alle Plätze bereits reserviert waren. Auf einem Platz lag eine Tasche, auf einem anderen eine Reisedecke, ein dritter wurde mittels eines Regenschirms als besetzt markiert und so weiter. Niemand da, aber alle Plätze besetzt!

Es ist ein ungeschriebenes Gesetz unter Reisenden, dass jemandes Gepäck, auf einem Sitz abgestellt, den Platz für ihn belegt, bis er selbst erscheint und sich setzt. Dieses Gesetz ist gut und gerecht, und unter normalen Umständen würde ich mein Leben dafür geben, dass es beachtet wird und gültig bleibt.

Doch um drei Uhr an einem kalten Morgen ist das moralische Feingefühl nicht hinreichend entwickelt. Das Gewissen eines Durchschnittsmenschen beginnt nicht vor acht oder neun Uhr zu arbeiten – erst nach dem Frühstück, um genau zu sein. Um drei Uhr früh macht er Dinge, die er um drei Uhr nachmittags ganz abscheulich findet.

Unter normalen Umständen wäre ich ebenso wenig auf die Idee gekommen, jemandes Gepäck zu verstellen und mir seinen Platz anzueignen, wie ein hebräischer Siedler, den Grenzstein seines Nachbarn zu entfernen. Doch zu dieser frühen Morgenstunde schlief meine Gutherzigkeit.

Ich habe oft davon gelesen, wie die Gutherzigkeit eines Mannes plötzlich geweckt wird. Meist geschieht dies mithilfe eines Drehorgelspielers oder eines kleinen Kindes (ich würde immer auf das Letztere setzen, wenn es darum geht, alles auf dieser Erde zu wecken, was nicht stocktaub oder seit mehr als vierundzwanzig Stunden tot ist); und wäre an jenem Morgen im Bahnhof von Ostende ein Drehorgelspieler oder ein kleines Kind gewesen, hätten sich die Dinge vielleicht anders entwickelt.

B. und ich wären davor bewahrt worden, ein Verbrechen zu begehen. Wären der Drehorgelspieler oder das Kind erschienen, als wir gerade dabei waren, unsere

Schandtat zu begehen, wären wir in Tränen ausgebrochen, aus dem Wagen gesprungen, hätten einander am Bahnsteig umarmt und auf den nächsten Zug gewartet.

Tatsächlich sahen wir uns zunächst sorgfältig um, ob uns jemand beobachtete, huschten flink in den Wagen, schafften uns Platz inmitten all der Gepäckstücke, setzten uns und versuchten, unschuldig und zwanglos auszusehen.

B. sagte, wenn andere Leute kämen, sollten wir am besten so tun, als schliefen wir tief und fest und als wären wir zu dumm, um irgendetwas zu verstehen.

Ich erwiderte, ich könnte den gewünschten Eindruck vermitteln, ohne jemandem etwas vorzugaukeln, und machte es mir bequem.

Ein paar Sekunden später betrat ein anderer Mann den Wagen. Auch er räumte das Gepäck beiseite und ließ sich nieder.

»Ich fürchte, dieser Platz ist besetzt, Sir«, sagte B., nachdem er sich von seiner Verblüffung über die Unverfrorenheit des Mannes erholt hatte. »Eigentlich sind alle Plätze in diesem Wagen besetzt.«

»Das kann ich nicht ändern«, antwortete der Schurke zynisch. »Ich muss heute noch nach Köln, und ich sehe keine andere Möglichkeit, dorthin zu gelangen.«

»Ja, aber der Gentleman, dem sie den Platz weggenommen haben, muss ebenfalls nach Köln«, protestierte ich. »Was ist mit ihm? Sie denken nur an sich!«

Mein Gefühl für Recht und Gerechtigkeit begann sich durchzusetzen, und ich empörte mich sehr über den Kerl. Zwei Minuten zuvor konnte ich den Raub eines Sitzplatzes gleichmütig betrachten, nun kam mir eine solche Tat schändlich vor. Tatsächlich schläft meine

Gutherzigkeit nie sehr lang. Lässt man sie in Frieden, erwacht sie von allein. Himmel hilf! Ich weiß, ich bin ein Sünder, ein weltlicher Mensch, doch tief im Herzen herrscht das Gute. Es tritt nicht oft zutage, aber es ist da.

Dieser Mann hatte es wachgerufen. Nun begriff ich, was für eine Sünde es war, einem anderen Passagier seinen Platz in einem Zugabteil wegzunehmen. Aber ich konnte das dem anderen nicht begreiflich machen. Ich spürte, ich musste der Gerechtigkeit Genüge tun, um den Fehler auszugleichen, den ich kurz zuvor begangen hatte, und ich argumentierte äußerst wortgewandt.

Meine Rhetorik war jedoch völlig verschwendet, wie sich zeigte. »Oh! Er ist nur ein Vizekonsul«, sagte er. »Auf dem Koffer steht sein Name. Beim Schaffner ist noch Platz genug für ihn.«

Es hatte keinen Zweck, die heilige Sache des Rechts gegen jemanden zu verteidigen, der solche Ansichten hegte. Nachdem ich also gegen sein Verhalten Protest eingelegt und so mein Gewissen erleichtert hatte, lehnte ich mich zurück und döste das Dösen der Gerechten.

Fünf Minuten vor Abfahrt des Zugs erschienen die rechtmäßigen Besitzer und zwängten sich in das Abteil. Die sieben schienen sich zu wundern, dass für sie nur fünf Plätze frei waren, und begannen lebhaft zu streiten.

B. und ich und der Ungerechte in der Ecke versuchten, sie zu beschwichtigen, doch die Wut war zu groß, um der Stimme der Vernunft Gehör zu verschaffen. Jede denkbare Fünfergruppe unter ihnen beschuldigte jedes verbliebene Paar des Versuchs, die Sitzplätze mit betrügerischen Mitteln an sich bringen zu wollen, und jeder Einzelne deutete unmissverständlich an, dass die anderen sechs Lügner seien.

Mich störte, dass sie auf Englisch stritten. Sie hatten alle ihre eigenen Sprachen – es waren vier Belgier, zwei Franzosen und ein Deutscher –, doch keine Sprache außer Englisch war ihnen gut genug, einander zu beschimpfen.

Als sie feststellten, dass es keine Möglichkeit gab, sich je untereinander zu einigen, wandten sie sich an uns. Ohne zu zögern entschieden wir zugunsten der fünf dünnsten, worauf diese die Angelegenheit offenkundig als erledigt betrachteten, sich setzten und den anderen sagten, sie sollten verschwinden. Diese beiden stämmigen – der Deutsche und einer der Belgier – schienen das Urteil infrage stellen zu wollen und riefen nach dem Bahnhofsvorsteher.

Der Bahnhofsvorsteher wartete nicht darauf, was sie zu sagen hatten, sondern begann sofort zu schimpfen, warum sie sich überhaupt im Wagen befänden. Er sagte ihnen, sie sollten sich schämen, sich in ein Abteil zu zwängen, das bereits mehr als voll sei, und die anderen Passagiere zu belästigen. Er sprach ebenfalls Englisch, als er ihnen dies deutlich machte, und nachdem sie auf den Bahnsteig hinausgetreten waren, antworteten sie ihm auf Englisch.

Englisch scheint unter Ausländern, die streiten wollen, eine beliebte Sprache zu sein. Sie halten sie wohl für ausdrucksvoller.

Wir alle beobachteten die Gruppe durchs Fenster. Wir amüsierten uns und spitzten die Ohren. Mitten im Streit betrat ein übereifriger Gendarm die Bühne. Der Gendarm unterstützte selbstverständlich den Bahnhofsvorsteher. Ein Uniformierter unterstützt stets einen anderen Uniformierten, ganz gleich, worum es geht oder wer recht hat – das kümmert ihn nicht. Es ist ein fester Glaubensgrundsatz in uniformierten Kreisen, dass jemand in Uniform nicht falsch liegen kann. Trügen Einbrecher Uniform, wäre die Polizei verpflichtet, ihnen jede erdenkliche Hilfe zu leisten und jeden Hausherrn zu verhaften, der versucht, sie an der Ausübung ihres Berufs zu hindern. Der Gendarm unterstützte den Bahnhofsvorsteher beim Ausschimpfen der beiden dicken Passagiere, und auch er beschimpfte sie auf Englisch. Es war kein gutes Englisch, keineswegs. Der Mann hätte seine Gefühle vielfältiger und farbiger zum Ausdruck bringen können, hätte er flämisch oder französisch gesprochen, doch das entsprach nicht seiner Absicht. Er hatte wie jeder Ausländer den Ehrgeiz, ein perfekter englischer Streithahn zu werden, und dies war für ihn eine gute Übung.

Ein Zollbeamter trat hinaus und schloss sich dem Tumult an. Er verteidigte die Passagiere und beschimpfte Bahnhofsvorsteher und Gendarm – natürlich auf Englisch.

B. meinte, er fände es sehr angenehm, fern von der Küste unserer Heimat, in der Fremde, einen gemütlichen, kleinen englischen Streit wie diesen zu beobachten.

Samstag, der 24. – Fortsetzung

Ein Familienmensch – Ein exzentrischer Zug – Attentat auf einen Engländer – Allein in Europa – Wie schwierig es ist, deutschen Kellnern Skandinavisch verständlich zu machen – Wie gefährlich es ist, zu viele Sprachen zu kennen – Eine langweilige Reise – Köln, Ahoi!

Im Wagen saß ein überaus gut informierter Belgier. Er wusste über fast jede Stadt, durch die wir fuhren, etwas Interessantes zu erzählen. Wäre ich wach geblieben, um dem Mann zuzuhören, hätte ich mich an seine Worte erinnert und nicht alles durcheinandergebracht, dann hätte ich über das Land zwischen Ostende und Köln allerhand lernen können.

Dieser Mann hatte in so gut wie jeder Stadt Verwandte. Vermutlich gab und gibt es so große und weitverzweigte Familien. Aber ich habe noch nie von einer Familie gehört, die sich dermaßen wichtig gemacht hätte. Sie schien sich sehr umsichtig verpflanzt zu haben und lebte nun über das ganze Land verstreut. Jedes Mal, wenn ich aufwachte, erhaschte ich eine wirre Bemerkung wie diese: »Brügge ... man kann von hier aus den Glockenturm sehen ... spielt jede Stunde eine Polka von Haydn. Meine Tante wohnt dort.« – »Gent ... Hôtel de Ville, manche halten es für das schönste Beispiel gotischer Architektur in Europa ... dort wohnt meine Mutter. Man könnte das Haus sehen, stünde die Kirche nicht im Weg.« – »Eben an Aalst vorbei ... großes Hopfenzentrum. Mein Großvater hat früher dort gewohnt; er ist inzwischen verstorben.« – »Da steht ein königliches Schloss ... dort, direkt auf dieser Seite. Meine Schwester ist mit jemandem verheiratet, der dort wohnt ... nicht im Palast, das nicht, aber in Laeken.« – »Das ist die Kuppel des Justizpalastes ... man nennt Brüssel Klein-Paris ... ich persönlich mag es lieber als Paris ... nicht so viel Gedränge. Ich wohne in Brüssel.« – »Louvain ... da steht die Statue von Van de Weyer, dem Revolutionär von 1830. Meine Schwiegermutter wohnt in Louvain. Sie möchte, dass wir zu ihr ziehen. Sie sagt, in Brüssel sind wir zu weit weg, aber ich bin anderer Meinung.« – »Lüttich ... sehen Sie die Zitadelle? Hab ein paar Cousins in Lüttich ... nur zweiten Grades. Die meisten meiner Cousins ersten Grades wohnen in Maastricht«, und so weiter, die ganze Strecke nach Köln.

Ich glaube nicht, dass wir durch eine einzige Stadt oder ein einziges Dorf gefahren sind, wo nicht zumindest ein Exemplar aus der Verwandtschaft dieses Mannes gewohnt hätte. Unsere Reise war weniger eine Fahrt durch Belgien und einen Teil Norddeutschlands, als ein Besuch bei der Familie des Mannes, die in dieser Gegend heimisch war.

In Ostende hatte ich darauf geachtet, einen Platz mit Blick in Fahrtrichtung zu nehmen. So ist es mir lieber. Doch als ich kurze Zeit später erwachte, merkte ich, dass wir rückwärts fuhren.

Natürlich empörte ich mich darüber und sagte: »Wer hat mich hierher verpflanzt? Ich bin dort drüben gesessen, nicht wahr. Sie haben kein Recht, so etwas zu tun!«

Man versicherte mir jedoch, niemand hätte mich versetzt, der Zug habe in Gent gewendet.

Das ärgerte mich. Dass der Zug anfangs in eine Richtung fuhr und mich dazu verleitete, meinen Platz (oder den eines anderen, je nach dem) unter der Annahme einzunehmen, ich würde in Fahrtrichtung blicken, um dann später zu wenden und in die andere Richtung zu fahren, schien mir wie ein gemeiner Trick. Insgeheim hatte ich starke Zweifel, ob der Zug überhaupt wusste, wohin er fuhr.

In Brüssel stiegen wir aus und genossen noch einmal Kaffee und Brötchen. Ich weiß nicht mehr, welche Sprache ich in Brüssel verwendete, aber niemand verstand mich. Als ich, nachdem wir Brüssel hinter uns gelassen hatten, das nächste Mal erwachte, fuhr ich wieder vorwärts. Die Lokomotive hatte es sich offensichtlich zum zweiten Mal anders überlegt, und zog die Wagen nun in die Gegenrichtung. Langsam machte ich mir große Sorgen. Dieser Zug tat, was er wollte. Er war vollkommen unzuverlässig. Als nächstes würde er womöglich seitwärts fahren. Vielleicht hätte ich aufstehen und der Sache auf den Grund gehen sollen, doch während ich darüber nachdachte, schlief ich wieder ein.

Ich war wirklich sehr müde, als man uns in Herbesthal hinausscheuchte, um unser Gepäck für Deutschland zu kontrollieren. Mir kam es fast so vor, als reisten wir durch die Türkei und würden von Banditen angehalten. Als sie mir befahlen, meinen Koffer zu öffnen, sagte ich: »Nie und nimmer!«, und bemerkte, ich sei Engländer, sie sollten sich lieber in Acht nehmen. Zudem sagte ich ihnen, sie sollten sich sofort jeden Gedanken an Lösegeld aus dem Kopf schlagen, es sei denn, sie würden sich mit Schuldscheinen abfinden, meine Familie bezahle grundsätzlich niemals bar – jedenfalls nicht für Verwandte.

Sie hörten nicht auf meine Warnung und schnappten sich meinen Gladstone. Ich leistete schwächlich Widerstand, wurde jedoch überwältigt und schlief erneut ein.

Als ich erwachte, fand ich mich am Büfett wieder. Ich kann mich nicht erinnern, dorthin gegangen zu sein. Mein Instinkt musste mich hingeführt haben, während ich schlief.

Ich bestellte meine übliche Stärkung aus Kaffee und Brötchen. (Inzwischen war ich randvoll mit Kaffee und Brötchen.) Ich bildete mir ein, in Norwegen zu sein, und bestellte also in gebrochenem Skandinavisch, wovon ich letzten Sommer auf einer Reise durch die Fjorde ein paar Worte aufgeschnappt hatte.

Natürlich verstand mich der Mann nicht. Ich bin daran gewöhnt, bei Ausländern für Verwirrung zu sorgen, wenn ich sie in ihrer Muttersprache anrede, also verzieh ich ihm – außerdem war Sprache zweitrangig, die Lebensmittel befanden sich in Reichweite.

Wie gewöhnlich nahm ich zwei Tassen Kaffee – eine für B. und eine für mich –, trug sie zum Tisch und hielt Ausschau nach B. Ich konnte ihn nirgends entdecken. Was war aus ihm geworden? Ich konnte mich nicht entsinnen, ihn in den letzten Stunden gesehen zu haben. Ich wusste nicht, wo ich mich befand, noch was ich tat. Ich erinnerte mich undeutlich, dass B. und ich gemeinsam aufgebrochen waren – ob gestern oder vor sechs Monaten hätte ich auch nicht sagen können, wenn es um Leben und Tod gegangen wäre –, und falls ich mich nicht irrte, wollten wir irgendwohin fahren, um irgendetwas anzusehen. Nun befanden wir uns irgendwo im Ausland – irgendwo in Norwegen, bildete ich mir ein; wie ich gerade auf Norwegen gekommen war, ist mir bis heute ein Rätsel –, und ich hatte ihn verloren!

Wie um Himmels willen sollten wir uns je wiederfinden? Vor meinem inneren Auge erschien ein entsetzliches Bild von uns, wie wir beide auf der Suche nach dem anderen vielleicht jahrelang kreuz und quer durch Europa irrten. Ich erinnerte mich schrecklich lebhaft an die rührende Geschichte von Evangeline.[1]

Etwas musste unternommen werden, und zwar unverzüglich. Irgendwie musste ich B. wiederfinden. Ich raffte mich auf und rief mir als Hilfsmittel jedes mir bekannte skandinavische Wort ins Gedächtnis. Es war nicht schön, dass diese Leute vorgaben, ihre eigene Sprache nicht zu verstehen, und mich so aus der Fassung brachten. Diesmal mussten sie mich verstehen. Es ging nicht bloß um Kaffee und Brötchen, die Lage war ernst. Ich würde den Kellner dazu bringen, Skandinavisch zu verstehen, und wenn ich es ihm mit seiner eigenen Kaffeekanne in den Schädel hämmern musste!

Ich packte ihn am Arm und fragte ihn auf Skandinavisch, das in seiner tragischen Inbrunst ziemlich pathetisch geklungen haben musste, ob er meinen Freund gesehen hätte – meinen Freund B.

Der Mann starrte mich nur an.

Ich verzagte. Ich rüttelte ihn. Ich sagte: »Mein Freund ... groß, hoch, lang, riesig ... er ist wo? Sie ihn wo gesehen haben? Hier?«

(Ich musste es so sagen, denn ich bin kein Experte für skandinavische Grammatik und meine Kenntnis der Verben beschränkt sich auf das Infinitiv Präsens. Außerdem war es nicht der richtige Zeitpunkt, um sich Gedanken über einen anmutigen Stil zu machen.)

Eine Menge umringte uns, angezogen vom ängstlichen Gesichtsausdruck des Mannes. Ich wandte mich an alle. Ich sagte: »Mein Freund B. ... Kopf rot ... Stiefel gelb, braun, gold ... Mantel, kleine Karos ... Nase, viel, groß! Ist er wo? Ihn zu sehen ... irgendjemand ... wo?«

Keine Menschenseele regte sich, mir zu helfen. Da standen sie und gafften!

Ich wiederholte alles noch einmal lauter, falls irgendwer am Rand der Menge es nicht gehört hatte. Und ich wiederholte es mit einem anderen Akzent. Ich gab ihnen jede denkbare Chance.

Sie schwatzten aufgeregt miteinander. Dann schien einer von ihnen, der etwas intelligenter aussah als die anderen, einen Geistesblitz zu haben, und er eilte nach draußen, lief hin und her und rief sehr laut irgendetwas, aus dem man das Wort »Norwegisch« immer wieder heraushörte.

Er kehrte einige Sekunden später zurück, offensichtlich äußerst zufrieden mit sich selbst und in Begleitung eines freundlich aussehenden alten Gentlemans mit weißem Hut.

Die Menge teilte sich, und der alte Gentleman drängte nach vorn. Als er mich erreicht hatte, lächelte er mich an und redete dann ausführlich, aber zweifellos in freundlicher Absicht, auf Skandinavisch auf mich ein.

Natürlich verstand ich von Anfang bis Ende kein einziges Wort, und mein Gesichtsausdruck zeigte dies deutlich. Ich verstehe ein, zwei Worte Skandinavisch, hier und da, wenn man sie langsam und deutlich ausspricht, doch das ist alles.

Der alte Gentleman musterte mich bass erstaunt. Er sagte (auf Skandinavisch natürlich): »Sprechen Sie Norwegisch?«

Ich antwortete in derselben Sprache: »Ein wenig, sehr wenig ... *sehr*.«

Er wirkte nicht bloß enttäuscht, sondern entrüstet. Er erklärte der Menge die Sachlage, und alle wirkten empört.

Warum sich alle über mich empörten, war mir unbegreiflich. Es gibt viele Menschen, die kein Skandinavisch verstehen. Es war absurd, mir das übel zu nehmen. Ich kenne ein paar Worte, und das ist mehr als manch anderer.

Ich fragte den alten Gentleman nach B. Er verstand mich, das muss ich ihm hoch anrechnen. Doch abgesehen davon, dass er mich verstand, war er nicht hilfreicher als die anderen, und ich konnte mir nicht erklären, warum sie sich so große Mühe gemacht hatten, ihn zu holen.

Was geschehen wäre, wenn die Situation noch länger angedauert hätte, weiß ich nicht (denn die Bande machte mich allmählich wütend). Zum Glück erblickte ich in diesem Moment B., der eben den Raum betrat.

Ich hätte ihn nicht herzlicher begrüßen können, wenn ich ihn hätte anpumpen wollen.

»Ich bin *so* froh, dich zu sehen!«, rief ich. »Na, was für eine Freude! Ich dachte schon, ich hätte dich verloren!«

»Sie sind ja Engländer!«, rief der alte Gentleman mit dem weißen Hut in sehr gutem Angelsächsisch, als er mich mit B. reden hörte.

»Das ist mir schon klar«, erwiderte ich. »Und ich bin stolz darauf. Haben Sie etwas dagegen, dass ich Engländer bin?«

»Nicht im Geringsten«, antwortete er, »wenn Sie nur Englisch statt Norwegisch sprechen würden. Ich bin selbst Engländer.« Und er ging offenkundig ziemlich perplex von dannen.

Nachdem wir uns gesetzt hatten, sagte B. zu mir: »Ich sag dir, was dein Problem ist, J.... Du kennst zu viele Sprachen für diesen Kontinent. Deine linguistischen Fähigkeiten werden uns noch ins Unglück stürzen, wenn du sie nicht ein wenig im Zaum hältst. Du kannst nicht zufällig etwas Sanskrit oder Chaldäisch?«

Ich verneinte.

»Hebräisch oder Chinesisch?«

»Kein Wort.«

»Sicher?«

»Nicht mehr als den Punkt in jeder der genannten Sprachen.«

»Das ist ein Segen«, sagte B. ziemlich erleichtert. »Du würdest die eine oder andere einem einfältigen Bauern noch als Deutsch andrehen!«

Während langer, heißer Morgenstunden nach Köln zu fahren, ist langweilig. Im Wagen ist es stickig. Ich habe wiederholt festgestellt, dass Zugreisende frische Luft für giftig halten. Sie leben gern von der verbrauchten Atemluft der Passagiere und halten jedes Fenster und jede Lüftung dicht verschlossen. Die Sonne scheint durch Glas und Jalousien und versengt unsere Glieder. Unsere Köpfe und Körper schmerzen. Staub und Ruß dringen ein, machen unsere Kleidung schmutzig und Hände und Gesicht schmierig. Wir dösen, schrecken auf und schlafen aneinander gelehnt erneut ein. Ich erwache und stelle fest, dass mein Nachbar seinen Kopf auf meine Schulter gelegt hat. Es kommt mir schäbig vor, ihn wegzustoßen, er wirkt so zutraulich. Doch er ist sehr schwer. Ich stoße ihn zu dem Mann auf der anderen Seite. Dort ist er genauso glücklich. Wir rollen umher, und wenn der Zug rüttelt, knallen unsere Köpfe aneinander.

Sachen aus dem Gepäckträger fallen auf uns herab. Wir schauen erstaunt hoch und schlafen wieder ein. Mein Koffer fällt dem ungerechten Mann in der Ecke auf den Kopf. (Ist es Vergeltung?) Er schreckt auf, bittet mich um Verzeihung und sinkt zurück ins Vergessen. Ich bin zu müde, um den Koffer aufzuheben. Er liegt am Boden. Der Ungerechte benutzt ihn als Fußschemel.

Wir blicken mit halbgeschlossenen Augen auf das ausgedörrte, flache, baumlose Land hinaus; auf die kleinen Bauernhöfe und den Flickenteppich aus Getreide- und Rübenfeldern, Hafer- und Obstanbau, ohne Abgrenzung nebeneinander, wobei jedes Feld einem kleinen Garten gleicht, der vom Himmel herabgefallen ist; auf die kleinen, faden Steinhäuser.

Ein Kirchturm erscheint fern am Horizont. (Das Erste, was wir von anderen Menschen wissen wollen, ist, woran sie glauben: »Woran glaubt ihr?« Das Erste, was sie uns zeigen, ist ihre Kirche: »*Daran* glauben wir.«) Dann nähert sich längsseits ein hoher Schornstein. (Erst Glaube, dann Fabriken.) Dann ein Wirrwarr aus zusammengewürfelten Dächern, aus dem schließlich einzelne Häuser, Manufakturen und Straßen hervortreten, und wir halten in einer schlafenden Stadt.

Leute öffnen die Wagentür und schauen zu uns herein. Sie scheinen uns nicht sehr gewogen, schließen die Tür mit einem Knall, und wir schlafen noch einmal ein.

Während wir weiter dahinrumpeln, erwacht das Land langsam. Grobe V-förmige Karren, von Ochsen, manchmal auch Kühen gezogen, warten geduldig, während wir die langen, geraden Straßen kreuzen, die menschenleer über manche Meile die Ebene durchschneiden. Bauern stapfen an Feldern entlang zur Arbeit.

Rauch steigt auf von den Dörfern und Bauernhäusern. Passagiere warten an den Zwischenstationen. Gegen Mittag sehen wir durch das Fenster zwei winzige Kirchtürme nebeneinander sich gegen den Himmel abzeichnen. Es scheinen Zwillingstürme zu sein, die größer werden, je näher wir kommen. Ich beschreibe sie B., und er sagt, es seien die Türme des Kölner Doms. Wir beginnen alle zu gähnen und uns zu strecken und unsere Koffer und Mäntel und Regenschirme einzusammeln.

Die Hälfte vom Samstag, dem 24., und ein Stück vom Sonntag, dem 25.

Wie schwierig es ist, dieses Tagebuch zu führen – Ein großes Bad – Das deutsche Bett – Seine seltsamen Eigenschaften – Sitten und Bräuche der deutschen Armee – B.s Gewohnheitslaster – Kölner Dom – Gedanken ohne Worte – Ein seltsamer Brauch

Dieses Tagebuch wird immer konfuser. Tatsächlich lebe ich nicht, wie ein Tagebuchschreiber leben sollte. Ich sollte mich um elf Uhr nachts vor dieses Tagebuch setzen und alles aufschreiben, was mir im Lauf des Tages widerfahren ist. Doch um elf Uhr nachts bin ich unterwegs auf einer langen Zugreise, bin gerade erst aufgestanden oder habe mich gerade erst hingelegt, um ein paar Stunden zu schlafen. Wir gehen zu merkwürdigen Gelegenheiten schlafen, wenn wir zufällig auf ein Bett stoßen und ein paar Minuten übrig haben. Wir sind heute Nachmittag zu Bett gegangen und frühstücken jetzt zum zweiten Mal. Und ich bin mir nicht ganz sicher, ob es gestern oder morgen ist oder was für ein Tag heute ist.

Deshalb habe ich nicht die Absicht, dieses Tagebuch auf die übliche Weise zu führen. Stattdessen werfe ich ein paar Zeilen aufs Papier, wann immer ich eine halbe Stunde übrig und nichts Besseres zu tun habe.

In Köln badeten wir im Rhein. (Wir hatten nicht gebadet, seit wir unser trautes Heim in England verlassen hatten.) Anfangs wollten wir uns im Hotel waschen, doch beim Anblick der bereitgestellten Waschschüssel, des Wassers und des Handtuchs beschloss ich, keine Zeit zu verschwenden, indem ich damit herumplanschte. Ebensogut hätte Herkules die augurischen Ställe mit einem Spritzer Wasser ausmisten können.

Wir wandten uns an das Zimmermädchen. Wir erklärten ihr, dass wir uns waschen wollten – uns säubern – und nicht Seifenblasen pusten. Ob wir größere Schüsseln, mehr Wasser und größere Handtücher bekommen könnten? Das Zimmermädchen (eine gesetzte alte Dame um die fünfzig) glaubte nicht, dass die Bruderschaft der Hoteliers von Köln etwas Besseres zu bieten hatte, und schien der Meinung, der Fluss würde unseren Bedürfnissen eher entsprechen.

Ich hielt die Worte der alten Seele für Sarkasmus, doch B. sagte Nein, sie meine wohl Bäder am Flussufer, und schlug vor, dass wir diese aufsuchten. Ich stimmte zu. Mir schien, der Fluss – der Rhein – würde unseren Ansprüchen auf jeden Fall genügen. Er müsste nach dem starken Frühlingsregen reichlich Wasser führen.

Als ich ihn sah, war ich zufrieden. Ich sagte zu B.: »In Ordnung, alter Knabe, das ist genau das, was wir brauchen. Der Fluss hat die richtige Größe, um mir heute Nachmittag den Schmutz abzuwaschen.«

Ich habe viel Gutes über den Rhein gehört und freue mich, selbst gut über ihn sprechen zu können. Er war äußerst erfrischend.

Hinterher tat es mir allerdings leid, dass wir darin gebadet hatten. Freunde, die nach uns Deutschland bereisten, erzählten mir, wir hätten den Fluss für den Rest der Saison völlig verdorben. Damit meine ich nicht die wirtschaftliche Nutzung. Der Schiffsverkehr mit Transportkähnen blieb vergleichsweise unbeeinträchtigt. Doch der Tourismus hat schrecklich gelitten. Reisegruppen, die für gewöhnlich mit dem Dampfer den Rhein hinauffahren, haben dieses Jahr, nach einem Blick auf den Fluss, lieber den Zug genommen. Die Bootsmakler haben versucht, sie davon zu überzeugen, dass der Rhein immer diese Farbe hat; dass er sich so färbt, weil er auf seinem Weg durch die Berge Dreck und Abfall herabschwemmt.

Die Touristen weigerten sich jedoch, diese Erklärung zu akzeptieren. Sie sagten: »Nein. Die Berge sind für manches verantwortlich, das geben wir zu, aber nicht für *das* hier. Wir sind vertraut mit dem normalen Zustand des Rheins, und er ist zwar schlammig und manchmal unerfreulich, aber befahrbar. So wie er sich diesen Sommer darbietet, fahren wir jedoch lieber nicht auf ihm. Wir warten bis nach den Frühlingsfluten im nächsten Jahr.«

Nach dem Bad gingen wir zu Bett. Für den gelangweilten englischen Bettnutzer, der jede Nacht seines ganzen Lebens in derselben, altbekannten, gewöhnlichen Art von Bett verbringt, hat die Erfahrung, in einem deutschen Bett schlafen zu wollen, etwas angenehm Prickelndes. Zunächst erkennt er es nicht als Bett. Er glaubt, jemand sei im Zimmer herumgegangen, habe all die Säcke und Kissen und Sesselschoner und zufällige Fundsachen gesammelt und alles auf ein Holzbrett gehäuft, um es fortzuschaffen. Er klingelt nach dem Zimmermädchen und erläutert ihr, sie habe ihn ins falsche Zimmer geführt. Er wollte ein Schlafzimmer.

Sie sagt: »Das *ist* ein Schlafzimmer.«

Er sagt: »Wo ist das Bett?«

»Da!«, sagt sie und deutet auf die Kiste, auf der all die Säcke und Kissen und Sesselschoner aufgehäuft sind.

»Das!«, ruft er. »Wie soll ich darin schlafen?«

Das Zimmermädchen weiß nicht, wie er darin schlafen soll; sie hat noch nie einen Gentleman beim Schlafengehen beobachtet und kann nicht sagen, wie sie es handhaben. Sie schlägt jedoch vor, er möge versuchen, sich hinzulegen und die Augen zu schließen.

»Aber es ist nicht lang genug«, sagt er.

Das Zimmermädchen meint, er könne vielleicht die Beine anziehen.

Er merkt, dass er nichts Besseres bekommt und sich damit abfinden muss.

»Also gut!«, sagt er. »Beeilen Sie sich und richten Sie's her.«

Sie sagt: »Das Bett ist gemacht.«

Er dreht sich um und mustert das Mädchen mit strengem Blick. Nutzt sie aus, dass er ein einsamer Fremder ist, fern von zu Hause und seinen Freunden, um ihn zu verspotten? Er geht hinüber zu dem Ding, das sie Bett nennt, nimmt den obersten Sack von dem Haufen, hält ihn hoch und sagt: »Vielleicht können Sie mir dann sagen, was das hier sein soll?«

»Das«, sagt das Mädchen, »das ist das Bett!«

Er ist etwas verblüfft über die unerwartete Antwort.

»Oh!«, sagt er. »Oh! Das Bett, tatsächlich? Ich hielt es für ein Nadelkissen! Also, wenn das das Bett ist, was macht es dann hier oben auf dem anderen Krempel? Sie denken wohl, nur weil ich ein Mann bin, habe ich keine Ahnung von Betten!«

»Das ist der richtige Platz dafür«, erwidert das Zimmermädchen.

»Wie! Obendrauf?«

»Ja, Sir!«

»Und wo ist die Bettdecke?«

»Darunter, Sir.«

»Schauen Sie, mein gutes Mädchen«, sagt er, »Sie verstehen mich nicht, oder ich verstehe Sie nicht, entweder oder. Wenn ich schlafen gehe, lege ich mich aufs Bett und ziehe die Bettdecke über mich. Ich möchte nicht auf der Bettdecke liegen und mich mit dem Bett zudecken. Das ist ja kein komisches Ballett, nicht wahr!«

Das Mädchen versichert ihm, dass hier gewiss kein Irrtum vorliegt. Hier sei das Bett, so wie es gemäß deutscher Sitte bereitet sein sollte. Er könne das Beste daraus machen und darauf zu schlafen versuchen oder schmollen und sich auf den Fußboden legen.

Er ist völlig perplex. Für ihn sieht es aus wie ein Bett, das sich ein Mann macht, der spät von einer Party heimkommt. Doch es ist sinnlos, die Sache mit dem Mädchen zu diskutieren.

»Na schön«, sagt er. »Bringen Sie mir ein Kissen und ich riskiere es!«

Das Zimmermädchen erklärt, es lägen bereits zwei Kissen auf dem Bett, und zeigt dabei auf zwei flache Polster, jeder ein Yard im Quadrat, die an einem Ende des Durcheinanders aufeinanderliegen.

»Die!«, ruft der müde Reisende, der allmählich das Gefühl entwickelt, gar nicht erst zu Bett gehen zu wollen. »Das sind doch keine Kissen! Ich brauche etwas, auf das ich meinen Kopf legen kann, nicht etwas, das mir bis zum Kreuz reicht! Sagen Sie mir nicht, ich soll auf den Dingern schlafen!«

Doch das Mädchen sagt ihm genau das und macht ihm außerdem klar, dass es noch anderes zu tun hat, außer den lieben langen Tag Bettgespräche mit ihm zu führen.

»Nun, dann erklären Sie mir wenigstens, wo ich anfangen soll«, sagt er, »wie man sich hinlegt, und ich halte Sie nicht länger auf. Den Rest finde ich selbst heraus.«

Sie verrät ihm den Trick und geht, und er entkleidet sich und kriecht hinein.

Die Kissen bereiten ihm große Schwierigkeiten. Er weiß nicht, soll er sich draufsetzen oder einfach dagegenlehnen. Als er einen Versuch wagt, knallt sein Kopf gegen die obere Leiste des Bettgestells. Er sagt »Oh!« und rutscht ans Fußende des Betts hinunter. Hier stößt er mit allen zehn Zehen heftig gegen die Fußleiste.

Nichts ärgert einen Mann mehr, als dass man ihm auf die Zehen klopft, insbesondere wenn er meint, dass er es nicht verdient hat. Diesmal sagt er »Oh verdammt!« und zieht wie im Krampf seine Beine an, wobei seine Knie heftig gegen die Seitenleiste des Betts stoßen. (Zur Erinnerung: Das deutsche Bettgestell ist gebaut wie eine flache, offene Kiste, weswegen das Opfer vollständig von harten Holzleisten mit scharfen Kanten umgeben ist. Ich weiß nicht, welche Holzsorte dafür verwendet wird. Sie ist äußerst hart und macht ein seltsames, melodisches Geräusch, wenn man mit einem Knochen dagegenstößt.)

Danach liegt der Reisende eine Weile völlig still und fragt sich, wo ihn der nächste Hieb trifft. Als er merkt, dass nichts geschieht, fasst er neues Vertrauen und wagt es, vorsichtig mit seinem linken Bein umherzutasten und seine Lage zu erkunden.

Sein Bettzeug besteht nur aus einer sehr dünnen Decke mit Überzug, und unter ihr ist ihm eindeutig kalt. Das Bett ist eigentlich ausreichend warm, aber es gibt nicht genug davon. Er zieht die Decke hoch zum Kinn, und seine Füße beginnen zu frieren. Er zieht sie hinunter über die Füße, und sein ganzer Oberkörper fröstelt.

Er versucht, sie ganz zusammenzurollen, um sich vollständig zudecken zu können, hat jedoch keinen Erfolg; immer ist ein Teil von ihm draußen im Kalten.

Er denkt, ein »knochenloses Wunder« oder ein »Schlangenmensch« hätte es in diesem Bett wohl ganz bequem, und wünscht sich, er hätte eine entsprechende Ausbildung zum Zirkusartisten genossen. Alles wäre gut, könnte er doch nur seine Beine um seinen Hals legen und den Kopf unter den Arm klemmen. Da ihm jedoch nie jemand solche wahrhaftig nützlichen Tricks beigebracht hat, muss er sich damit zufrieden geben, der Länge nach ausgestreckt zu bleiben und seine Gliedmaßen abwechselnd zu wärmen.

Vielleicht ist es töricht von ihm, sich angesichts so vieler echter Probleme wegen einer rein ästhetischen Überlegung Sorgen zu machen, doch während er so auf dem Rücken liegt und an sich hinabschaut, stört ihn der sich bietende Anblick beträchtlich. Das aufgeplusterte Bettzeug auf seiner Leibesmitte lässt ihn wie einen Mann mit gewaltigen Blähungen aussehen. Oder auch wie einen außergewöhnlich gutgebauten Frosch, den man auf den Rücken gedreht hat und der nicht weiß, wie er wieder auf die Beine kommen soll.

Ein weiteres Ärgernis, mit dem er sich abfinden muss, ist die Bettdecke (die nur aus Daunen besteht), die jedes Mal auf den Fußboden fällt, wenn er sich bewegt oder nur besonders tief einatmet. Wegen der kistenartigen Konstruktion des deutschen Betts, kann er sich nicht einfach hinauslehnen, um etwas vom Boden aufzuheben. Deshalb muss er hinausklettern, und natürlich kollidieren dabei seine beiden Schienbeine stets zweimal mit den Bettkanten.

Als ihm das ungefähr zum zehnten Mal gelungen ist, kommt er zu dem Schluss, es sei verrückt von ihm, einem bloßen Amateur in diesem Fach, zu glauben, er könne ein so kompliziertes, kniffliges Bett wie dieses meistern, wenn doch sogar ein Experte sein ganzes Wissen aufbieten müsste, um darin zu schlafen. Also steht der Reisende auf und legt sich auf den Fußboden.

Zumindest ist es das, was ich tat. B. ist an deutsche Betten gewöhnt. Er krümmte sich und schlief ohne die geringsten Schwierigkeiten ein.

Wir schliefen zwei Stunden, standen auf und gingen zurück zum Bahnhof, wo wir speisten. In deutschen Städten scheint das Bahnhofsrestaurant von ihren Bewohnern ebenso gern frequentiert zu werden wie von den Durchreisenden. Es wird als gewöhnliches Gasthaus betrachtet und als solches von den Bürgern genutzt. Im Speisesaal des Kölner Bahnhofs drängten sich Kölner.

Bürger aus allen Klassen waren dort, doch besonders viele Soldaten. Da saßen alle Arten von Soldaten – Soldaten mit Rang und Soldaten ohne Rang; Soldaten, die einer Kompanie angehörten (die sie offensichtlich über alles liebten), und zur Disposition stehende Soldaten; dicke Soldaten, dünne Soldaten, alte Soldaten, junge Soldaten. Vier sehr junge Soldaten saßen uns gegenüber und tranken Bier. Ich habe noch nie so junge Soldaten ohne Aufsicht frei herumlaufen gesehen. Sie sahen aus, als wären sie zwölf Jahre alt, vielleicht waren sie aber auch schon dreizehn. Und sie sahen außerdem so aus, als würden sie gern jederzeit einen Geschützstand stürmen, falls man ihnen den entsprechenden Befehl erteilte. Da saßen sie, hoben und senkten ihre riesigen Bierkrüge, diskutierten militärische Angelegenheiten und salutierten hin und wieder vor einem vorbeigehenden Offizier, der seinerseits ernst salutierte.

Man schien hier ziemlich oft zu salutieren. Immer wieder, fast unablässig, betraten Offiziere den Raum, durchquerten ihn, und immer, wenn einer in Sicht kam, standen all die speisenden und trinkenden Militärs auf, salutierten und blieben in dieser Stellung, bis der Offizier vorbeigegangen war.

Ein junger Soldat in unserer Nähe, der versuchte, einen Teller Suppe zu löffeln, tat mir besonders leid. Sobald er seinen Löffel zum Mund führte, tauchte unweigerlich ein Offizier auf, und er musste Löffel und Suppe und alles andere liegenlassen und aufstehen. Dem Dummkopf schien es nicht in den Sinn zu kommen, unter den Tisch zu kriechen, um seine Mahlzeit dort zu beenden.

Nach dem Essen hatten wir noch eine halbe Stunde bis zur Abfahrt des Zugs, und B. schlug vor, den Dom zu besichtigen. Das ist B.s einzige Schwäche: Kirchen. Ich habe die größten Schwierigkeiten, ihn an einer Kirchentür vorbeizulotsen. Wir gehen Arm in Arm eine Straße entlang, unterhalten uns so vernünftig und tugendhaft wie nötig, als ich plötzlich bemerke, dass B. still und geistesabwesend wirkt.

Ich weiß sofort Bescheid, er hat eine Kirche erblickt. Ich tue so, als wäre mir keine Veränderung an ihm aufgefallen, und bemühe mich, ihn anzutreiben. Er fällt jedoch immer weiter zurück und bleibt schließlich ganz stehen.

»Komm, komm«, sage ich aufmunternd zu ihm, »reiß dich zusammen und sei ein Mann. Denk nicht dran.

Vergiss es und beschließe, dich nicht bezwingen zu lassen. Komm, in einer Minute sind wir um die Ecke, wo du sie nicht mehr sehen kannst. Nimm meine Hand, wir rennen!«

Er macht ein paar schwächliche Schritte mit mir und bleibt dann erneut stehen.

»Es ist zwecklos, alter Knabe«, sagt er mit einem kränklichen Lächeln, so voller Pathos, dass man beim besten Willen nicht anders kann, als Mitleid mit ihm zu haben. »Ich kann nicht anders. Ich habe all dem zu lang nachgegeben, jetzt ist es zu spät, mich zu bessern. Geh weiter und gönn dir irgendwo ein Gläschen, ich treffe dich in ein paar Minuten. Mach dir keine Sorgen um mich, es ist zwecklos.«

Und er trottet zurück, während ich traurig ins nächste Kaffeehaus gehe und über einem Glas Absinth oder Cognac dem Himmel danke, dass ich meine Kirchensucht in jungen Jahren zu beherrschen gelernt habe und deshalb das Los des armen B. nicht teilen muss.

Etwas später kommt er herein und setzt sich neben mich. In seinen Augen brennt eine wilde, ungesunde Erregung, und er versucht sein schlechtes Gewissen unter einer trotzigen Pose aus falscher Fröhlichkeit zu verbergen.

»Das Altartuch war wunderschön«, flüstert er mir zu, mit einer Begeisterung, die mich ihn umso mehr bedauern lässt, da sie jede Hoffnung auf Heilung im Keim erstickt. »Und in der nördlichen Krypta steht ein Gedicht von einem Sarg. Ich hatte noch nie im Leben so viel Freude an einem Sarkophag.«

Zu diesem Zeitpunkt mache ich nicht viele Worte, es wäre sinnlos. Doch am Ende des Tages, wenn wir beide neben unseren kleinen Betten stehen und es ringsum so still ist, wie man es von einem Hotel erwarten kann, in dem anscheinend die ganze Nacht Gäste mit schwerem Gepäck eintreffen, die allesamt größere oder kleinere Schwierigkeiten haben, diskutiere ich mit ihm und tadele ihn sanft. Um den Eindruck zu vermeiden, Moralpredigten zu halten, stelle ich es als Frage der Zweckmäßigkeit dar.

»Wie sollen wir die Zeit finden«, sage ich, »all die Orte zu besichtigen, die wirklich wichtig sind – all die Kaffeehäuser und Theater und Varietés und Biergärten und Tanzsäle, die wir besuchen wollen –, wenn du den halben Tag damit verschwendest, in Kirchen und Kathedralen herumzulungern?«

Er ist tief getroffen und verspricht, es sich abzugewöhnen. Er schwört mit weinerlicher Stimme, dass er nie wieder durch eine Kirchentür treten wird. Doch am nächsten Morgen sind mit der ersten Versuchung alle guten Vorsätze vergessen, und er gibt abermals nach. Es ist sinnlos, ihm böse zu sein, denn offensichtlich gibt er sich wirklich Mühe. Doch allein der Geruch einer Kirche hat etwas an sich, dem er einfach nicht widerstehen kann.

Da ich damals noch nicht wusste, dass seine Schwäche für Kirchen dermaßen stark ist, hatte ich keine Einwände gegen seinen Vorschlag, den Kölner Dom zu besichtigen, und so machten wir uns auf den Weg dorthin. B. kennt ihn bereits und weiß alles darüber. Er sagt mir, das Bauwerk wurde in der Mitte des 13. Jahrhunderts begonnen und erst vor zehn Jahren fertiggestellt. Mir scheint, der Baumeister hat mit grober Verspätung geliefert. Ein Klempner würde sich schämen, für eine Arbeit so lang zu brauchen!

B. behauptet auch, die beiden Türme seien die höchsten der Welt. Ich bestreite das und missbillige die Türme generell. B. verteidigt sie innig. Er sagt, sie seien höher als jedes andere Gebäude in Europa außer dem Eiffelturm.

»Oh nein, mein Lieber!«, sage ich. »In Europa gibt es viele Gebäude, die höher sind … von Asien und Amerika ganz zu schweigen.«

Mir fehlt der Beweis für diese Behauptung. Eigentlich weiß ich gar nichts über dieses Thema. Ich sage es nur, um B. zu ärgern. Er scheint eine Art persönliches Interesse an dem Dom zu haben und schwadroniert über seine Schönheiten und Vorzüge so eifrig, als wäre er ein Auktionator, der das Ding verkaufen will.

Er antwortet, die Türme seien 512 Fuß hoch.

Ich sage: »Quatsch! Man hat dich belogen, weil man dich als Ausländer erkennt.«

Er wird regelrecht wütend und sagt, er könne mir die Zahlen im Reiseführer zeigen.

»Reiseführer!«, erwidere ich verächtlich. »Als nächstes glaubst du noch, was in der Zeitung steht!«

B. fragt mich ungehalten, wie hoch sie meiner Meinung nach seien, worauf ich sie ein paar Minuten kritisch betrachte und dann erkläre, außen dürften sie nicht höher als 510 Fuß sein. B. scheint sich über mich zu ärgern, und wir betreten die Kirche schweigend.

Es gibt so wenig, was man über einen Dom sagen kann. Für jeden außer einem professionellen Betrachter gleicht ein Dom mehr oder weniger dem anderen. Für mich liegt ihre Schönheit nicht in den Gemälden und Statuen, denen sie Schutz bieten, und auch nicht in den Gebeinen und Antiquitäten, die sich in ihren Kellern aufhäufen, sondern in ihnen selbst – in ihrer widerhallenden Größe, ihrer tiefen Stille.

Über den Häuschen der Menschen, über den lärmenden, wimmelnden Straßen erheben sie sich wie eine sanfte Melodie aus vollkommener Musik, finden ihren Weg durch einen Dschungel aus Misstönen. Hier, wo die Stimmen der Welt leise klingen, hier, wo der Glanz der Stadt nicht hereindringt, ist es schön, eine Weile auszuruhen und nachzudenken – wenn einen nur die lästigen Fremdenführer in Ruhe ließen.

Stille ist sehr förderlich. Durch die Berührung mit ihr erlangen wir neues Leben. Stille ist für die Seele, was Mutter Erde für Briareus[2] war. Indem wir sie berühren, erheben wir uns geheilt von unseren Leiden und gestärkt für den Kampf.

Inmitten des lauten Gewirrs der Lehren stehen wir verdutzt und verängstigt. Stille gibt uns Frieden und Hoffnung. Stille lehrt uns keinen Glauben, nur dass Gott das Universum umarmt.

Wie klein und unwichtig erscheinen all unsere Ärgernisse und ehrgeizigen Ziele, wenn wir mit ihnen vor das große, ruhige Antlitz der Stille treten! Wir lächeln selbst über sie und schämen uns.

Stille lehrt uns, wie klein wir sind – wie groß wir sind. Auf den Marktplätzen der Welt sind wir Kesselflicker, Schneider, Apotheker, Diebe – anständig oder nicht, je nach dem –, nichts als Atome in einer mächtigen Maschine – Insekten in einem riesigen Schwarm.

Nur in der Stille begreifen wir, dass wir etwas viel Größeres sind als das – dass wir *Menschen* sind, mit dem ganzen Universum und der gesamten Unendlichkeit, die wir vor uns haben.

In der Stille hören wir die Stimme der Wahrheit. Die Tempel und Märkte der Menschen dröhnen Tag und Nacht vom Lärm der Lügen und Täuschungen und Betrügereien. Doch in der Stille kann keine Falschheit existieren. Man kann in der Stille keine Lüge in Umlauf bringen. Eine Lüge muss nach oben geblasen und von menschlichem Atem daran gehindert werden herabzusinken. Lässt man eine Lüge ins Herz der Stille, sinkt sie herab. Die Wahrheit schwebt dort frei und erhaben wie ein stattliches Schiff auf einem tiefen Ozean. Die Stille gibt ihr liebevoll Auftrieb, sodass alle Menschen sie sehen können. Erst wenn sie abgenutzt und verfault und nicht länger wahr ist, schließen die Wasser der Stille sich über ihr.

Stille ist das einzig Wahre, das wir in dieser Welt vergänglicher Träume festhalten können. Zeit ist ein Schatten, der mit der Dämmerung der Menschheit verschwinden wird. Doch Stille ist ein Teil der Ewigkeit. Alles, was wahr und von Dauer ist, wurde den Herzen der Menschen von Stille gelehrt.

In allen Nationen sollte man riesige Tempel errichten, wo Menschen die Stille verehren und ihr lauschen können, denn sie ist die Stimme Gottes.

Die schönen Kirchen und Kathedralen, die Menschen überall auf Erden errichtet haben, wurden als Heimstätten einzelner Glaubensbekenntnisse gebaut – diese für Protestanten, jene für Katholiken, andere für Mohammedaner. Doch Gottes Stille haust in allen gleichermaßen und wird nur gelegentlich von Glockengeläut und dem Murmeln Betender unterbrochen. Und man kann sich gut eine Zeit lang in ihnen niederlassen, um Zwiesprache mit ihr zu halten.

Wir besichtigten den Dom, ehe wir weiterreisten. Direkt beim Eingang zur Empore hielt mich ein Aufseher an und fragte mich, ob ich nicht gern einen Haufen Plunder besichtigen wolle – Reliquien und Gebeine und alte Meister und dergleichen Zeug aus dem Kuriositätenkabinett.

Ich sagte Nein und wollte weitergehen, doch er antwortete: »Nein, nein! Wenn Sie nicht zahlen, dürfen sie nicht rein.« Und er schloss das Tor.

Er sagte diesen Satz auf Englisch. Und so präzise und flüssig, wie er ihn aussprach, dürfte er diese Formulierung schon sehr oft verwendet haben; er hatte sie wohl recht häufig üben können.

Die Sitte, nicht ohne Eintrittsgeld eintreten zu dürfen, um etwas zu besichtigen, ist in Deutschland weitverbreitet.

Ende von Samstag, dem 24. und Anfang von Sonntag, dem 25. – Fortsetzung

Der Rhein – Wie Geschichte geschrieben wird – Kompliziertes Dörfer – Wie eine friedliche Gemeinde in große Aufregung versetzt wurde – Der deutsche Schaffner – Seine Leidenschaft für Fahrkarten – Wir verbreiten Trost und Freude, wo immer wir sind, erquicken die Müden und lassen die Weinenden lächeln – »Fahrkarten, bitte« – Jagderlebnisse – Ein natürlicher Irrtum – Kostenlose Akrobatikvorstellung des Schaffners – Ein kleiner Scherz der Eisenbahnbehörde – Warum wir an den Kummer anderer denken sollten

Wir kehrten gerade rechtzeitig zum Bahnhof zurück, um uns bequeme Plätze zu sichern, und um 5:10 Uhr dampften wir los auf unserer rund fünfzehnstündigen Fahrt nach München. Die ganze Strecke von Bonn bis Mainz verläuft entlang des Rheins, und wir hatten eine herrliche Aussicht auf den Fluss, mit den Städten und Dörfern der Alten Welt, die sich an seine Ufer schmiegen, den nebligen Bergen, die auf den hurtig rollenden Wellen eine frühe Dämmerung erzeugen, den Felsspitzen samt Burgen und Klippen, die steil und majestätisch neben ihm emporragen, den bewaldeten Felsen, die mit drohendem Stirnrunzeln über seinen düsteren Tiefen hängen, den verfallenen Türmen und Türmchen, die jeden Gipfel an seinem Lauf besetzen, den freundlichen Inseln, die wie Edelsteine seinen breiten Strom übersäen.

Nur Weniges auf dieser Welt entspricht den Erwartungen. Das gilt besonders für Dinge, von denen wir viel erwarten, und über die wir schon sehr viel gehört haben.

Mit dieser Philosophie im Kopf, war ich darauf vorbereitet, dass mir der Rhein als maßlos überschätzter Fluss erscheinen würde. Ich wurde angenehm enttäuscht. Das Panorama, das sich vor unseren Augen entfaltete, als wir durch die stille, sich zu einer sternklaren Nacht verdunkelnden Dämmerung rasten, war wunderschön, bezaubernd und ausdrucksvoll.

Ich habe nicht die Absicht, es für Sie zu beschreiben. Um dem Thema gerecht zu werden, müsste ich ein noch brillanterer und kraftvollerer Schriftsteller sein, als ich jetzt schon bin. Mich an das Thema zu wagen, ohne ihm gerecht werden zu können, wäre eine Verschwendung Ihrer Zeit, lieber Leser, und meiner – was noch schwerer wiegt.

Zugegeben, anfangs hatte ich nicht die Absicht, Sie so leicht davonkommen zu lassen. Ich hatte ursprünglich geplant, Ihnen kurz, aber glühend und eloquent ein Wortgemälde des Rheintals von Köln bis Mainz zu liefern. Als Hintergrund sollten mir die historischen Ereignisse und Sagen dienen, die mit der Gegend verbunden sind, und im Vordergrund wollte ich in lebendigen Farben die modernen Aspekte der Landschaft skizzieren, nebst Anmerkungen und Beobachtungen hierzu.

Hier meine groben Notizen zu diesem Zweck:

Notizen für Kapitel über Rhein: »Konstantin der Große war hier – ebenso Agrippa. (N.B. – Versuche etwas über Agrippa herauszufinden.) Cäsar hatte einiges mit dem Rhein zu tun – ebenso Neros Mutter.«

(An den Leser: Die Kürze dieser Notizen macht sie zuweilen verwirrend. Zum Beispiel besagen sie, dass Cäsar und Neros Mutter ziemlich viel mit dem Rhein zu tun hatten, aber nicht, dass Cäsar ziemlich viel mit Neros Mutter zu tun hatte. Ich erkläre dies, um keinen falschen Eindruck von der Dame oder Cäsar zu vermitteln. Ich verabscheue Skandale.)

Fortsetzung der Notizen: »Die Ubier haben in der Frühzeit irgendetwas am rechten Rheinufer gemacht und wurden später am anderen Ufer gefunden. (Gehe davon aus, dass die Ubier ein Stamm waren; suche Belege, sie könnten vielleicht auch etwas Fossilienartiges sein.) Köln war die Wiege der deutschen Kunst. Rede über Kunst und die alten Meister. Behandle sie freundlich und nachsichtig. Sie sind schon tot. Die heilige Ursula wurde in Köln ermordet, zusammen mit elftausend jungfräulichen Zofen. Das muss ein ganz schöner Haufen gewesen sein. Zeichne kraftvolles und pathetisches Fantasiegemälde des Gemetzels. (N.B. – Finde heraus, wer sie alle ermordet hat.) Sag etwas über Kaiser Maximilian. Nenne ihn den mächtigen Maximilian. Erwähne Karl den Großen (aus Karl dem Großen sollte man was machen) und die Franken. (Finde alles über die Franken heraus, wo sie lebten und was aus ihnen geworden ist.) Skizziere die verschiedenen Kämpfe zwischen Römern und Goten. (Lese hierfür Gibbon[3], es sei denn, man findet genug in *Mangnall's Questions*.[4]) Schildere malerisch – mit Anmerkungen – die Schlachten zwischen den Kölner Bürgern und ihren hochmütigen Erzbischöfen. (N.B. – Lass sie auf einer Rheinbrücke kämpfen, es sei denn, irgendwo steht ausdrücklich geschrieben, dass sie es nicht taten.) Präsentiere die Minnesänger, besonders Walther von der Vogelweide; lass ihn irgendwo unter einer Burgmauer singen und das Mädchen sterben. Sprich über Albrecht Dürer. Kritisiere seinen Stil. Nenne ihn flach. (Versuche herauszufinden, ob er flach *ist*.)

Der Rattenturm am Rhein nahe Bingen. Beschreibe den Ort und erzähle die ganze Geschichte. Nicht zu ausführlich, da sie jeder kennt. Die Brüder von Bornhofen, Geschichte zu den Zwillingsburgen Sterrenberg und Liebenstein, Konrad und Heinrich – Brüder – beide lieben Hildegard. Sie war sehr schön. Heinrich weigert sich großzügig, die schöne Hildegard zu heiraten, schließt sich den Kreuzzügen an und überlässt sie seinem Bruder Konrad. Konrad denkt ein, zwei Jahre über die Sache nach, dann beschließt er, dass auch er sie nicht heiraten kann, sondern seinem Bruder Heinrich überlassen muss, zieht ebenfalls mit den Kreuzzüglern und kehrt nach ein paar Jahren mit einer griechischen Braut zurück. Die schöne H., als Opfer übermäßiger Großzügigkeit hin- und hergerissen zwischen den beiden, schmollt (wen wundert's), schließt sich in einem abgelegenen Teil der Burg ein und will jahrelang niemanden sehen. Der ritterliche Heinrich kehrt zurück und ist empört, weil sein Bruder K. nicht die schöne H. geheiratet hat. Ihm fällt nicht einmal dann ein, sie selbst zu heiraten. Das fiebrige Verlangen der beiden Brüder, der jeweils andere solle die schöne H. heiraten, ist sehr rührend. Heinrich zieht sein Schwert und stürzt sich auf seinen Bruder K., um ihn zu töten. Die schöne Hildegard wirft sich jedoch zwischen sie und versöhnt sie. Dann, als ihr klar wird, dass keiner der beiden es ernst mit ihr meint und sie die Nase voll hat von der ganzen Sache, zieht sie sich in ein Kloster zurück. Konrads griechische Braut brennt mit einem anderen Mann durch, worauf Konrad seinem Bruder Heinrich um den Hals fällt, und sie schwören einander ewige Freundschaft. (Mach's pathetisch. Tu so, als wärst du im Mondlicht zwischen den Ruinen gesessen, und beschreibe die Szene – mit Gespenstern.) Rolandseck nahe Bonn. Erzähl die Geschichte von Roland und Hildegunde (siehe *Baedeker*, S. 66). Nicht zu ausführlich, denn sie ähnelt der anderen zu sehr. Das Begräbnis beschreiben? Der Wachturm am Rhein hinter Andernach. Frage: Gibt's nicht ein Lied darüber? Wenn ja, einfügen. Koblenz und Ehrenbreitstein. Große Festungen. Nenne sie die finster dreinschauenden Wächter des Staates. Formuliere Überlegungen zur deutschen Armee, auch zum Krieg generell. Plaudere über Friedrich den Großen. (Lies Carlyles[5] Biografie über ihn und picke die interessanten Sachen raus.) Der Drachenfels. Zitiere Byron[6]. Moralisiere über Burgruinen im Allgemeinen und beschreibe das Mittelalter mitsamt deinen Meinungen und Auffassungen darüber.«

Es gibt noch viel mehr davon, aber das genügt, um Ihnen zu zeigen, was für einen Plan ich im Kopf hatte. Ich habe ihn nicht ausgeführt, denn als ich mir die Sache genauer überlegte, schien mir, die Idee würde sich zu etwas entwickeln, das eher einer Geschichte Europas ähnelt als einem Kapitel im Tagebuch eines Touristen. Ich beschloss, meine Zeit nicht damit zu vergeuden, bis die öffentliche Nachfrage für eine neue Geschichte Europas größer ist, als dies anscheinend gegenwärtig der Fall ist.

Außerdem wäre ein solches Werk genau das Richtige, um sich während einer langen Haftstrafe die Langeweile zu vertreiben. Irgendwann einmal könnte ich froh sein über ein Projekt dieses Ausmaßes, um mich in einer Zeit unfreiwilliger Untätigkeit zu beschäftigen. Das ist genau das, sagte ich mir, was man sich für Holloway oder Pentonville aufsparen könnte.

Diese abendliche Fahrt entlang der Ufer des Rheins wäre insgesamt eine sehr vergnügliche Reise gewesen, hätte mich nicht die Vorstellung gepeinigt, dass ich tags darauf einen Bericht darüber in mein Tagebuch schreiben musste. So genoss ich sie, wie jemand eine Mahlzeit genießt, nach der er eine Rede halten muss, oder wie ein Kritiker ein Bühnenstück.

Wir fuhren gelegentlich an sehr merkwürdigen Dörfchen vorbei. Kleine Ortschaften, so eingezwängt zwischen Bahnstrecke und Fluss, dass es darin keinen Platz für Straßen gab. Alle Häuser waren irgendwie durcheinandergewürfelt. Wie jemand, der in der Mitte wohnt, nach Hause kommt, ohne über die Hälfte der anderen Gebäude zu klettern, war mir schleierhaft. In solchen Dörfern mag eine Schwiegermutter den ganzen Tag umherwandern, um ihren Schwiegersohn zu besuchen; sie hört ihn, sie sieht ihn auch ab und zu, aber sie dringt nie zu ihm vor, da sie keinen Weg findet. Ein Trunkenbold aus einem dieser Dörfer müsste die Hoffnung aufgeben, je wieder nach Hause zu kommen. Er müsste sich draußen hinsetzen und warten, bis er wieder einen klaren Kopf hat.

In einer von den Städten, in denen der Zug hielt, wurden wir Zeugen der Eröffnungsszene einer sehr amüsanten kleinen Komödie. Die Hauptrollen wurden gespielt von einem lebhaften jungen Ziegenbock, einem kleinen Jungen, einem älteren Mann und einer Frau, Eltern des kleinen Jungen und Besitzer des Bocks, und einem Hund.

Erst hörten wir einen Schrei, dann sprang aus einem der Häuschen gegenüber des Bahnhofs ein unschuldiger und glücklicher Ziegenbock und tollte herum. Er zog ein langes, an seinem Hals befestigtes Seil hinter sich her. Das Kind kam nach dem Bock (im doppelten Sinn des Satzes). Das Kind versuchte, den Bock mithilfe des Seils zu fangen, verhedderte sich darin und fiel mit einem Bums und einem Aufschrei zu Boden. Daraufhin lief eine kräftig gebaute Frau, offenbar die Mutter des Jungen, aus dem Häuschen und jagte dem Bock hinterher. Der Bock lief die Straße hinunter, die Frau folgte ihm. An der ersten Ecke trat die Frau auf das Seil und fiel mit einem Bums und einem Aufschrei zu Boden. Dann drehte der Ziegenbock um und lief die Straße wieder hinauf. Als er am Häuschen vorbeikam, rannte der Vater hinaus und versuchte, ihn aufzuhalten. Er war ein alter Mann, schien aber noch über reichlich Lebensenergie zu verfügen. Offensichtlich hatte er erraten, warum sein Sohn und seine Frau hingefallen waren, also versuchte er, das Seil zu meiden und darüberzuspringen, wenn es in seine Nähe kam. Doch die Sprünge des Bocks waren unberechenbar. So trat er seinerseits auf das Seil, fiel mitten auf der Straße vor seiner Haustür mit einem Bums hin, sodass wir, die wir vom Zugfenster aus zuschauten, die Erschütterung spürten, während er dasaß und den Ziegenbock verfluchte. Dann lief der Hund hinaus, bellte wild, jagte den Bock, bekam das Ende des Seils mit den Zähnen zu fassen und hielt es fest wie der grimmige Sensenmann. Der Bock an seinem Ende des Seils sprang fort und mit ihm der Hund am anderen Ende. Dazwischen hielten sie das Seil rund sechs Zoll über dem Boden und mähten damit jedes Lebewesen nieder, dem sie in dem einst friedlichen Dorf begegneten. Im Lauf von weniger als einer halben Minute zählten wir vierzehn Personen, die mitten auf die Straße plumpsten. Acht von ihnen verfluchten den Bock, vier verfluchten den Hund, zwei verfluchten den alten Mann, weil er sich den Bock angeschafft hatte, und eine der beiden, die am wüstesten schimpfte, war die Gattin des Mannes.

An diesem Punkt fuhr der Zug ab. Wir flehten die Bahnbeamten an anzuhalten, damit wir das Ende der Darbietung sehen konnten. Das Stück wurde allmählich interessant, es war so lebhaft. Doch sie sagten, wir hätten ohnehin schon eine halbe Stunde Verspätung, sie wagten es nicht.

Wir lehnten uns aus dem Fenster und sahen so lang zu, wie es ging. Nachdem das Dorf in der Ferne außer Sicht geraten war, konnten wir immer noch hören, wie ein Dörfler nach dem anderen fluchend hinfiel, wenn wir aufmerksam lauschten.

Gegen elf Uhr tranken wir Bier – in einem Fernzug in Deutschland bekommt man vom Schaffner für gewöhnlich leichte Erfrischungen wie Flaschenbier und Kaffee und Brötchen –, zogen unsere Stiefel aus, sagten einander gute Nacht und machten eine große Sache daraus, schlafen zu gehen. Doch es kam nie dazu. Man wollte unsere Fahrkarten zu oft sehen, als dass wir wirklich hätten einschlafen können. Alle paar Minuten – die Intervalle mochten in Wirklichkeit größer gewesen sein – erschien wie ein Gespenst ein Gesicht am Zugfenster und fragte nach unseren Fahrkarten.

Wann immer sich ein deutscher Schaffner einsam fühlt und nicht weiß, was er mit sich anfangen soll, unternimmt er einen Rundgang durch den Zug und lässt sich von den Passagieren die Fahrkarten zeigen, um danach aufgemuntert und erfrischt in sein Abteil zurückzukehren. Manche Menschen begeistern sich für Sonnenuntergänge und Berge und Alte Meister; doch einem deutschen Schaffner kann die Welt nichts Befriedigenderes, nichts Inspirierenderes bieten als eine Fahrkarte.

Fast alle deutschen Bahnbeamten haben dasselbe Verlangen nach Fahrkarten. Zeigt ihnen jemand eine Fahrkarte, sind sie glücklich. Es schien eine harmlose Schwäche zu sein, und B. und ich beschlossen, es wäre freundlich von uns, ihnen während unseres Aufenthalts entgegenzukommen.

Wann immer wir also einen deutschen Bahnbeamten traurig und müde herumstehen sahen, gingen wir zu ihm hin und zeigten ihm unsere Fahrkarten. Der Anblick war für ihn wie ein Sonnenstrahl, und er vergaß sogleich all seine Sorgen. Hatten wir gerade kein Ticket dabei, kauften wir rasch eines. Ein Einzelfahrschein dritter Klasse zum nächsten Bahnhof genügte meist, ihn hinreichend aufzuheitern. Wirkte der arme Kerl jedoch so bekümmert, als würde er mehr als eine gewöhnliche Aufmunterung brauchen, brachten wir ihm eine Rückfahrkarte zweiter Klasse.

Für unsere Reise nach Oberammergau besaß jeder von uns beiden eine Mappe mit zehn bis zwölf Erste-Klasse-Tickets zwischen verschiedenen Städten über eine Gesamtstrecke von mehreren tausend Meilen. Eines Nachmittags in München, als wir einen Bahnbeamten trafen, einen Garderobier, dessen Tante angeblich vor Kurzem gestorben war und der außergewöhnlich niedergeschlagen wirkte, schlug ich B. vor, diesem Mann in einer stillen Ecke alle unsere Fahrkarten auf einmal zu zeigen – alle zwanzig bis vierundzwanzig –, ihn sie anfassen und anschauen zu lassen, so lang er wollte. Ich wollte ihn trösten.

B. hatte jedoch Einwände gegen den Vorschlag: Selbst wenn es ihn nicht in den Wahnsinn treibe (was mehr als wahrscheinlich sei), dürfte es die anderen Bahnangestellten in ganz Deutschland dermaßen eifersüchtig machen, dass er seines Lebens nicht mehr froh werden würde.

Also kauften und zeigten wir ihm ein Rückfahrticket erster Klasse zum nächsten Bahnhof, aber nur eines. Zu sehen, wie das Gesicht des armen Kerls sich aufhellte und ein mattes Lächeln die Lippen kräuselte, auf denen es sich so lang nicht gezeigt hatte, war ziemlich rührend.

Zuweilen hegt man freilich den Wunsch, der deutsche Bahnbeamte möge seine Leidenschaft für Fahrkarten etwas zügeln oder zumindest innerhalb gewisser Grenzen halten. Selbst dem Freundlichsten wird es irgendwann zu viel, Tag und Nacht andauernd sein Ticket vorzuzeigen. Und mitten während einer anstrengenden Reise ist auch nicht der richtige Zeitpunkt, ans Fenster des Zugabteils zu treten und nach dem Billet zu brüllen.

Man ist müde und schläfrig. Man weiß nicht, wo man die Fahrkarte hingetan hat. Man ist sich nicht sicher, ob man ein Ticket hat, oder wenn man eines hatte, ob es irgendjemand gestohlen hat. Man hat es überaus sorgfältig verräumt, in dem Glauben, man würde es stundenlang nicht mehr brauchen, und man hat vergessen, wohin.

Der Anzug hat elf Taschen, und der Mantel im Gepäcknetz noch einmal fünf. Vielleicht ist es in einer von ihnen. Falls nicht, ist es vielleicht in einem der Koffer –

irgendwo, oder im Notizbuch, wenn man nur wüsste, wo das ist, oder in der Brieftasche.

Man beginnt zu suchen. Man steht auf und schüttelt sich. Dann überkommt einen ein ganz anderes Gefühl. Man sieht sich um; und der Anblick unzähliger neugieriger Gesichter, die einen anstarren, während der Uniformierte wartet und einen mit strengem Blick fixiert, lässt einen im momentanen Zustand der Verwirrung vorübergehend denken, man stünde gerade in einem Polizeirevier und bekäme wahrscheinlich fünf Jahre, wenn das Ticket bei einer Durchsuchung gefunden würde.

Dabei verteidigt man leidenschaftlich seine Unschuld.

»Ich sag Ihnen doch, dass ich's nicht habe!«, ruft man. »Hab das Ticket des Gentleman nie gesehen. Lassen Sie mich gehen! Ich ...«

An dieser Stelle bringt einen die Verblüffung der anderen Passagiere zur Besinnung, und man setzt die Suche fort. Man durchwühlt die Koffer, kippt alles auf den Boden und murmelt dabei Verwünschungen, die das gesamte deutsche Eisenbahnnetz einschließen. Dann tastet man in den Stiefeln danach. Man lässt alle aufstehen, um nachzusehen, ob einer darauf sitzt, man kniet sich hin und kriecht unter den Sitzen herum.

»Du hast es doch nicht mit deinen Sandwiches aus dem Fenster geworfen, oder?«, fragt ein Freund.

»Nein! Hältst du mich für bescheuert?«, antwortet man gereizt. »Warum hätte ich das tun sollen?«

Als man zum zwanzigsten Mal seine Kleider abtastet, entdeckt man das Ticket in der Westentasche. Während der nächsten halben Stunde grübelt man, wie man es bei den neunzehn Durchgängen davor hatte übersehen können.

Bei dieser aufreibenden Szene trägt das Verhalten des Schaffners sicherlich nicht dazu bei, die Sorge und Nervosität zu mindern. Während man nach der Fahrkarte sucht, führt er draußen auf dem Trittbrett alberne Akrobatik vor und riskiert sein Leben bei allen denkbaren Kunststücken.

Der Zug fährt dreißig Meilen die Stunde, die Expressgeschwindigkeit in Deutschland, und eine Brücke über dem Schienenstrang kommt in Sicht. Als der Schaffner die Brücke sieht, lehnt er sich so weit zurück wie es geht, während er sich am Fenster festhält. Man sieht erst ihn an, dann die rasch näherkommende Brücke, und kommt zu dem Ergebnis, dass ihm der Brückenbogen nur den Kopf abtrennen wird, ohne irgendein anderes Körperteil zu verletzen. Und man fragt sich, ob der Kopf ins Abteil geschleudert wird oder draußen hinunterfällt.

Drei Zoll vor der Brücke zieht er sich hoch, und die Ziegelmauer tötet eine Fliege, die am oberen Rand seines Ohrs entlanggewandert ist.

Hinter der Brücke, als der Zug am Rand einer Klippe entlangfährt, wo ein aus dem Fenster geworfener Stein dreihundert Fuß in die Tiefe stürzen würde, lässt der Schaffner das Fenster los. Er balanciert auf dem Trittbrett, ohne sich irgendwo festzuhalten, und beginnt, eine Art teutonischen Kasatschock zu tanzen, um sich aufzuwärmen, indem er die Arme schwingt, wie es Droschkenkutscher an einem kalten Tag tun.

Wer bequem mit der deutschen Bahn reisen möchte, sollte sich keinen Deut darum scheren, ob der Schaffner die Fahrt überlebt oder nicht. Jegliches Mitgefühl gegenüber dem Schaffner macht eine Eisenbahnreise durchs Vaterland zu einer Qual.

Um fünf Uhr früh (Wie hold und lieblich und frisch die Erde früh am Morgen aussieht! Faulpelze, die bis acht oder neun Uhr im Bett bleiben, verpassen die halbe Schönheit des Tages. Wenn sie nur wüssten! Nur wir Frühaufsteher genießen die Natur wirklich) gab ich den Versuch zu schlafen auf, machte mich auf den Weg zur Ankleidekabine am Ende des Wagens und wusch mich.

Es ist schwierig, sich in diesen kleinen Kabinen zu waschen, weil die Wagen so rütteln. Hat man beide Hände und den halben Kopf im Waschbecken, sodass man sich nicht schützen kann, nutzen Wände, Wasserhahn, Seifenschale und andere feige Dinge diese Hilflosigkeit schamlos aus und schlagen so fest zu, wie sie können. Weicht man vor ihnen zurück, schwingt die Tür auf und knallt einem in den Rücken.

Es gelang mir jedoch immerhin, mich von Kopf bis Fuß ordentlich nass zu machen. Dann suchte ich nach dem Handtuch. Natürlich gab es keines. Das ist der Trick: Die Bahnchefs verleiten den Passagier mit Seife, Wasser und Waschbecken dazu, sich gründlich nass zu machen, und lassen ihn dann feststellen, dass das Handtuch fehlt. Das halten sie für witzig!

Ich dachte an die Taschentücher in meinem Koffer, doch um sie zu holen, hätte ich Abteile durchqueren müssen, in denen Damen saßen, und ich trug lediglich einen Morgenrock. Also musste ich mich mit einer Zeitung abtrocknen, die ich zufällig in der Tasche hatte. Ich kann mir zu diesem Zweck nichts Unzulänglicheres vorstellen.

Zurück im Abteil weckte ich B. Ich überredete ihn, sich waschen zu gehen; und als ich von fern seine Kommentare hörte, nachdem er auch bemerkte, dass es kein

Handtuch gab, verblasste die Erinnerung an meine eigene Niederlage aufs Angenehmste.

Ach! Es stimmt tatsächlich, was die guten Leute behaupten: dass wir unseren eigenen Kummer vergessen, wenn wir an den der anderen denken!

Fünfzig Meilen vor München ist das Land flach, verbraucht und anscheinend äußerst unfruchtbar. Es gibt kaum etwas Interessantes zu sehen. Man sitzt da, starrt mit zusammengekniffenen Augen zum Horizont und hält fieberhaft Ausschau nach irgendeinem Hinweis auf die Stadt.

Sie liegt jedoch sehr tief und gibt ihr Bestes, nicht entdeckt zu werden. Man sieht sie eigentlich erst, wenn man schon fast mittendrin ist.

Der Rest vom Sonntag, dem 25.

Wir suchen ein Frühstück – Ich gebe mein Deutsch zum Besten – Die Kunst der Zeichensprache – Die Nachricht der Première Danseuse *– Vorführung englischer Pantomime in den Pyrenäen – Ihr trauriges Ergebnis – Der deutsche Sprachführer – Seine engstirnige Sicht auf menschliche Bedürfnisse und Bestrebungen – Sonntag in München – Hans und Gretchen – Die Vornehmen und die Gemeinen – Ein Bierkeller*

In München ließen wir unser Gepäck am Bahnhof und machten uns auf die Suche nach einem Frühstück. Um acht Uhr früh hatte freilich keines der großen Kaffeehäuser geöffnet; doch schließlich fanden wir neben einem Park ein altmodisches Restaurant, dem der köstliche Duft von Kaffee und gerösteten Zwiebeln entströmte; wir gingen durch das Lokal, setzten uns an einen der kleinen Tische im Garten unter den Bäumen, nahmen die Speisekarte zur Hand und riefen nach dem Ober.

Ich bestellte das Frühstück. Ich hielt es für eine gute Gelegenheit, mein Deutsch zu erproben. Zuallererst bestellte ich Kaffee und Brötchen. Diesen Teil meiner Aufgabe meisterte ich mit Leichtigkeit. Nach der Übung, die ich in den letzten zwei Tagen gehabt hatte, hätte ich Kaffee und Brötchen für vierzig Personen bestellen können. Dann suchte ich nach den Delikatessen und bestellte einen grünen Salat. Anfangs hatte ich meine Schwierigkeiten, den Mann zu überzeugen, dass ich keinen gekochten Kohl haben wollte, doch schließlich gelang es mir, ihn von dieser schlechten Idee abzubringen.

Auch danach hatte ich immer noch etwas Deutsch übrig. So bestellte ich ein Omelett dazu.

»Sag ihm, du möchtest es pikant«, meinte B., »sonst bringt er uns etwas voller heißer Marmelade und Schokoladencrème. Du weißt ja, wie sie sind.«

»Oh, ja«, erwiderte ich. »Natürlich. Mal überlegen. Was heißt pikant auf Deutsch?«

»Pikant?«, grübelte B. »Oh! Ah! Hm! Wenn ich das wüsste! Verflixt ... mir fällt's nicht ein!«

Mir auch nicht. Tatsächlich hatte ich nicht die geringste Ahnung. Wir versuchten es auf Französisch. Wir sagten: »*Une omelette aux fines herbes.*«

Da er das nicht zu verstehen schien, wiederholten wir es in schlechtem Englisch. Wir drehten und verdrehten das unglückliche Wort »pikant« zu dermaßen merkwürdigen, traurigen, unirdischen Klangbildern, dass man hätte meinen können, es hätte das Herz eines Barbaren gerührt. Der stoische Teutone reagierte nicht darauf, also versuchten wir Pantomime.

Pantomime ist für die Sprache, was Marmelade, laut Etikett am Glas, für die Butter ist: »ein vorzüglicher (gelegentlicher) Ersatz.« Doch ihre Fähigkeit, Gedanken zu übermitteln, ist begrenzt. Zumindest im wirklichen Leben. Wie beim Ballett lässt sich kaum sagen, was man nicht mittels Pantomime erklären kann. Ich habe gesehen, wie der Schurke in einem Ballett der *première danseuse* mittels einer sachten Bewegung des linken Beins, kaum unterstützt von ein paar Trommelschlägen, die herzzerreißende Nachricht überbrachte, dass die Dame, die sie für ihre Mutter gehalten hatte, in Wirklichkeit nur die Frau ihres Onkels war. Dabei muss man freilich berücksichtigen, dass die *première danseuse* eine einzigartig rasche Auffassungsgabe besitzt. Die *première danseuse* weiß genau, was ein Gentleman meint, wenn er siebenundvierzig Pirouetten dreht und hernach einen Kopfstand macht. Der durchschnittliche Ausländer würde den Mann wahrscheinlich missverstehen.

Ein Freund von mir versuchte einmal auf einer Reise durch die Pyrenäen, seine Dankbarkeit mittels Pantomime auszudrücken. Er kehrte spätabends in einem kleinen Berggasthof ein, wo man ihn sehr herzlich begrüßte und ihm das Beste vom Besten auftischte. Und er, der hungrig war, schätzte ihre Freundlichkeit und hatte eine äußerst wohlschmeckende Mahlzeit. Tatsächlich war das Essen so gut, und seine Gastgeber waren so freundlich und aufmerksam, dass er sich bedanken und ihnen zu verstehen geben wollte, wie glücklich und zufrieden er sei.

Er konnte sich sprachlich nicht verständlich machen. Er kannte nur genug Spanisch, um zu sagen, was er wollte – und selbst dabei musste er aufpassen, nicht zu viel zu wollen. Zu Empfindungen und Gefühlen war er damals noch nicht vorgedrungen. So versuchte er es mit Gesten. Er stand auf und deutete auf den leeren Tisch, wo er gespeist hatte, öffnete seinen Mund und zeigte in seinen Schlund. Dann klopfte er sich auf den Teil seiner Anatomie, wo gemäß wissenschaftlicher Erkenntnisse das Essen hinwandert, und lächelte.

Er hat ein recht seltsames Lächeln, dieser Freund von mir. Er selbst hält es für überaus einnehmend, auch wenn es, wie er zugibt, etwas Trauriges hat. Bei ihm zu Hause wird es eingesetzt, um die Kinder zur Ordnung zu rufen.

Die Leute im Gasthof schienen ziemlich verblüfft über sein Verhalten. Sie musterten ihn beunruhigt, scharten sich zusammen und berieten sich im Flüsterton.

»Offensichtlich habe ich mich diesen einfachen Bauern nicht ausreichend verständlich gemacht«, sagte sich mein Freund. »Ich muss mich etwas mehr ins Zeug legen.«

Also rieb und klopfte er das zuvor erwähnte Körperteil – das ich, als zurückhaltender und wohlerzogener junger Mann, nie im Leben deutlicher beim Namen nennen würde – noch lebhafter und lächelte um ein, zwei Zoll breiter. Zudem machte er ein paar anmutige Gesten, die seiner Meinung nach Freundlichkeit und Zufriedenheit anzeigten.

Schließlich ging seinen Gastgebern ein Licht auf, und sie eilten zu einem Schrank und holten ein schwarzes Fläschchen hervor.

»Ah! Das wäre geschafft«, dachte mein Freund. »Jetzt haben sie mich verstanden. Sie freuen sich, dass ich zufrieden bin, und bestehen nun darauf, dass ich ein letztes Freundschaftsgläschen mit ihnen trinke. Diese guten alten Seelen!«

Sie brachten die Flasche, füllten ein Weinglas, reichten es ihm und bedeuteten ihm, er solle es in einem Zug austrinken.

»Ah!«, sagte sich mein Freund, als er das Glas nahm, gegen das Licht hielt und verschmitzt zwinkerte. »Das ist ein seltener, alter Schnaps, eine Spezialität der Gegend – irgendein altes Erbstück, eigens aufbewahrt für den Lieblingsgast.«

Und er hob das Glas und hielt eine Rede, in der er dem alten Paar ein langes Leben und viele Enkelkinder, der Tochter einen feschen Ehemann und dem ganzen Dorf

Wohlstand wünschte. Er wusste, dass sie ihn nicht verstanden. Doch er dachte, sie würden den Sinn seiner Worte seinem Tonfall und seinen Gesten entnehmen und begreifen, wie freundlich er ihnen allen gesonnen war. Nach der Rede legte er sich die Hand aufs Herz und lächelte noch einmal, dann trank er den Schnaps in einem Zug.

Drei Sekunden später wurde ihm klar, dass er ein starkes und verlässliches Brechmittel geschluckt hatte. Sein Publikum hatte die Gesten, mit denen er sich für ihre Bemühungen bedanken wollte, missverstanden und geglaubt, er hätte sich vergiftet oder leide zumindest unter heftigen Bauchschmerzen, und getan, was es konnte, um ihm Erleichterung zu verschaffen.

Die verabreichte Arznei war keines jener gewöhnlichen, billigen Mittel, die eine halbe Stunde nach Einnahme ihre Wirkung verlieren. Er hielt es für zwecklos, ein weiteres Abendessen zu bestellen, selbst wenn er eines bekommen hätte, und ging weitaus hungriger und weniger erfrischt zu Bett, als er im Gasthof angekommen war.

Dankbarkeit zählt zweifellos zu den Dingen, die ein Amateur in der Kunst der Pantomime nicht vorführen sollte. Für »pikant« gilt dasselbe. B. und ich fügten uns beinahe ernste Verletzungen zu, als wir versuchten, es zum Ausdruck zu bringen. Wir schufteten rund fünf Minuten wie die Ackergäule und erreichten damit nur, dass der Ober glaubte, wir wollten einen Satz Dominosteine.

Dann kam mir die Erleuchtung, wie ein Sonnenstrahl jemanden trifft, der sich in einer dunklen, gewundenen Höhle verirrt hat, und ich erinnerte mich, dass ich einen deutschen Sprachführer in der Tasche hatte.

Wie dumm von mir, dass ich nicht früher daran gedacht hatte. Da hatten wir uns den Kopf zerbrochen und unsere Körper geschunden, um einem ungebildeten Deutschen unsere Wünsche mitzuteilen, und hatten doch die ganze Zeit ein Buch zur Hand, das eigens verfasst worden war, um Leuten aus der Klemme zu helfen, in der wir steckten – ein sorgsam zusammengestelltes Buch, das ausdrücklich dem Zweck diente, englische Reisende, die wie wir nur laienhaft Deutsch sprachen, zu befähigen, ihre bescheidenen Bedürfnisse im ganzen Vaterland bekannt zu machen und lebendig und unversehrt heimzukehren.

Ich holte das Buch unverzüglich hervor und begann, nach Dialogen zu suchen, die sich mit den großen Fragen des Essens beschäftigten. Es gab keine!

Es gab lange und leidenschaftliche »Gespräche mit einer Wäscherin« über Kleidungsstücke, an die nur zu denken mich erröten lässt. Gut zwanzig Seiten widmeten sich dümmlichen Dialogen zwischen einem außerordentlich geduldigen Schuster und einem ewig unzufriedenen Kunden, so lästig, wie sie einen unglücklichen Ladenbesitzer nur plagen können; einem, der, nachdem er rund vierzig Minuten gequasselt und offenbar jedes Paar Stiefel im Laden anprobiert hat, seelenruhig mit folgenden Worten geht: »Also, heute kaufe ich nichts. Guten Morgen!«

Die Antwort des Ladenbesitzers wird übrigens nicht erwähnt. Wahrscheinlich kam sie in Form eines Stiefelknechts und in Begleitung von Äußerungen, die für die Zwecke eines christlichen Touristen unbrauchbar sein mögen.

Die Ausführlichkeit dieses »Gesprächs mit dem Schuster« war wirklich bemerkenswert. Vielleicht litt der

Autor unter Hühneraugen. Ich hätte mit dem Buch zu einem deutschen Schuster gehen und ihn zu Tode quatschen können.

Dann gab es zwei Seiten seichten Geplauders über »einen Freund auf der Straße treffen« – »Guten Morgen, Sir (oder Madam).« – »Ich wünsche Ihnen frohe Weihnachten.« – »Wie geht es Ihrer Mutter?« Als ob jemand, der kaum genug Deutsch kann, um Leib und Seele zusammenzuhalten, sich nach der Gesundheit der Mutter eines Fremden erkundigen würde.

Es gab außerdem noch »Gespräche im Eisenbahnwagen«, offensichtlich solche zwischen Schwachsinnigen auf Reisen, und »Dialoge während der Überfahrt«. »Wie geht es Ihnen jetzt?« – »Noch ganz gut, aber ich weiß nicht wie lang noch.« – »Oh, diese Wellen! Mir ist so übel, ich gehe nach unten. Lassen Sie mir bitte eine Schüssel zukommen.« Man stelle sich vor! Wer, der sich so fühlt, will wissen, wie man es auf Deutsch sagt?

Am Ende des Buchs standen deutsche Sprichwörter und »idiomatische Wendungen«, womit wohl »Sätze für Idioten« in allen Sprachen gemeint waren: »Ein Spatz in der Hand ist besser als eine Taube auf dem Dach.« – »Zeit bringt Rosen.« – »Der Adler fängt keine Fliegen.« – »Man soll keine Katze im Sack kaufen.« – Als gäbe es Scharen von Kunden, die ihre Katzen für gewöhnlich auf nämliche Weise erwerben, sodass skrupellose Händler ihnen minderwertige Katzen andrehen, weswegen man ihnen raten muss, dies lieber nicht zu tun.

Ich blätterte all diesen Unsinn durch, fand aber kein einziges Wort über ein pikantes Omelett. Unter der Überschrift »Essen und Trinken« entdeckte ich ein kurzes Lexikon, doch es beschäftigte sich vor allem mit

»Himbeeren« und »Feigen« und »Mispeln« (was immer das sein mag, ich habe noch nie davon gehört) und »Kastanien« und Sachen, die man kaum je braucht, nicht einmal zu Hause. In der Liste gab es jede Menge Öl und Essig, Pfeffer und Salz und Senf, aber nichts, was man damit kochen könnte. Ich hätte ein hartgekochtes Ei oder ein Stück Schinken haben können, aber ich wollte kein hartgekochtes Ei und kein Stück Schinken. Ich wollte ein pikantes Omelett, und das war ein Gericht, von dem die Autoren dieses »nützlichen kleinen Handbuchs« – so nannten sie es in ihrem Vorwort – offenkundig noch nie gehört hatten.

Seit meiner Heimkehr habe ich aus Neugier drei bis vier »Sprachführer« gekauft, die den englischen Reisenden bei seinen Bemühungen unterstützen sollen, sich dem deutschen Volk verständlich zu machen, und bin zu dem Schluss gekommen, dass das von mir mitgenommene Werk das vernünftigste und praktischste von allen war.

Da es völlig hoffnungslos schien, dem Ober unser Anliegen zu erklären, gaben wir auf und vertrauten der göttlichen Vorsehung. Nach gut zehn Minuten brachte der Mann uns ein dampfendes Omelett, gefüllt mit einem guten Pfund Erdbeermarmelade und voller Puderzucker. Wir salzten und pfefferten es ordentlich, um den Geschmack zu überdecken, aber nicht einmal dann wollte es uns richtig munden.

Nach dem Frühstück holten wir einen Fahrplan hervor und suchten einen Zug nach Oberammergau. Ich fand einen um 3:10 Uhr. Es schien tatsächlich ein sehr angenehmer Zug zu sein; er hielt nirgendwo sonst. Die Bahnchefs waren offenbar selber sehr stolz darauf, die

Einzelheiten waren in besonders fetter Schrift gedruckt. Wir beschlossen, ihm eine Chance zu geben.

Um uns die Zeit zu vertreiben, machten wir einen Stadtbummel. München ist eine schöne, hübsche, offene Stadt voll vornehmer Straßen und prächtiger Gebäude. Doch trotz alledem und ungeachtet der hundertsiebzigtausend Einwohner herrscht eine stille und provinzielle Atmosphäre. Neben den breiten Bürgersteigen gibt es für gewöhnlich nur wenig Verkehr, und Kunden in den gut sortierten Geschäften sind rar und selten. Da Sonntag war, ging es geschäftiger zu als sonst. Auf den Promenaden wimmelte es von Bürgern und Leuten vom Land im Feiertagsanzug, unter denen die Bauern aus dem Süden in ihrer malerischen, jahrhundertealten Tracht besonders auffielen. Die Mode hat sich auf ihrem weltweiten Kreuzzug gegen Vielfalt und in ihrem bitteren Kampf gegen Form und Farbe vorübergehend besiegt aus den bayrischen Bergfestungen zurückgezogen. An Sonn- und Feiertagen tritt der breitschultrige, sonnenverbrannte Schäfer aus dem Oberland immer noch in seiner farbenprächtigen, grün gesäumten Jacke über dem schneeweißen Hemd in Erscheinung, bindet seine kurzen Kniehosen mit einem Gürtel, setzt seinen hohen, mit Federn verzierten Hut auf seine wallenden Locken und marschiert mit nackten Waden und mächtigen Stiefeln an den Füßen über die Berghänge zur Tür seines Gretchens.

Sie wartet auf ihn, natürlich fertig angezogen. Und sie bietet ein bezauberndes Bild aus dem alten Europa, wie sie da unter den vorragenden Giebeln des Holzhäuschens steht. Auch sie bevorzugt das nationale Grün. Doch zur Auflockerung mangelt es nicht an hübschen roten Bändern, die im Wind flattern. Unter dem reich bestickten Rock lugt ein heller Unterrock hervor. Um ihren üppigen Busen trägt sie ein dunkles, eng sitzendes, vorn geschnürtes Teil. (Ich glaube, man nennt es Mieder, aber ich bin mir nicht sicher, da ich nie gewagt habe, danach zu fragen.) Ihre breiten Schultern sind mit allerweißestem Leinen bedeckt. Die Ärmel sind ebenfalls weiß, sehr weit und aus einer Art Batist, so dass sie an gefaltete Flügel erinnern. Ein kecker grüner Hut krönt ihr flachsblondes Haar. Die Schnallen ihrer zierlichen Schuhe strahlen wie die großen Augen in ihrem hübschen Gesicht. Man hätte nur allzu gern mit Hans einen Tag lang die Plätze getauscht.

Arm in Arm wie Porzellanfiguren – aus außergewöhnlich handfestem Porzellan allerdings – steigen Schäfer und Schäferin hinunter in die Stadt. Man reibt sich die Augen und starrt ihnen nach, wenn sie vorübergehen. Sie scheinen den illustrierten Seiten eines dieser alten Märchenbücher entstiegen zu sein, die wir einst liebten, als wir neben dem hohen Messinggitter saßen, das uns und das Feuer im Kamin des Kinderzimmers davon abhielt, uns gegenseitig ernsten Schaden zuzufügen, in den Tagen, da die Welt viel größer war als heute und auch wirklicher und interessanter.

Zwischen München und dem Umland herrscht jeden Sonntag ein reger Bevölkerungsaustausch. Morgens wird eine Zugladung Dörfler und Bergbewohner nach der anderen in die Stadt verfrachtet, und eine Zugladung guter und anderer Bürger nach der anderen dampft hinaus, um den Tag in Wald und Flur, an See und Berghang zu verbringen.

Wir besuchten ein, zwei Bierhallen – nicht die schicken Kaffeehäuser, die von Touristen und Münchner

Schwerenötern übervoll sind, sondern die niedrigen, rußigen Keller, wo man das Leben des gemeinen Volks betrachten kann.

Das gemeine Volk eines Landes ist viel interessanter als die vornehmen Leute. Leider ist eine Dame wie die andere, ein Herr wie der andere. In den höheren Kreisen der Welt gibt es so wenig Individualität, so wenig Charakter. Sie reden wie alle, denken und handeln wie alle, kleiden sich wie alle und ähneln einander sehr. Für uns Vornehme ist das Leben nur ein Spiel. Wir haben unsere Gesetze und Regeln, die nicht verletzt werden dürfen. Unsere ungeschriebenen Ratgeber befehlen uns bei jeder Wendung, die das sinnlose Vergnügen nimmt, was wir tun und sagen sollen.

Für jene am Boden der Gesellschaftspyramide, für die, die mit den Füßen am Boden stehen, ist die Natur jedoch nichts Kurioses, auf das man herabschauen und das man studieren kann, sondern eine lebendige Kraft, der man gehorchen muss. Sie trotzen dem grimmigen, nackten Leben, mit dem sie in der Dunkelheit ringen; und sie sind geprägt davon wie Jakob vom Kampf mit dem Engel.

Es gibt nur eine Art Gentleman, es gibt fünfhundert Arten Männer und Frauen. Deshalb suche und besuche ich stets lieber die Orte, wo gewöhnliche Menschen sich versammeln, als die Treffpunkte der Vornehmen. Meinen Freunden muss ich das ständig erklären, um mich für meine angebliche Liebe zur Unterschicht zu rechtfertigen.

Mit einem Krug Bier auf dem Tisch und einer Pfeife im Mund könnte ich stundenlang dasitzen und zusehen, wie das Leben in diesen alten Bierstuben ein und aus strömt.

Die stämmigen Bauernburschen kommen in Begleitung ihrer Mädchen, um ihnen den geliebten Münchner Nektar zu spendieren und dazu eine große Zwiebel. Wie viel Spaß sie haben! Was für herrliche Scherze sie machen! Wie sie lachen und brüllen und singen! An einem Tisch sitzen vier alte Kerle und spielen Karten. Wie viel Charakter steckt in jedem dieser knorrigen Gesichter. Einer ist eifrig, schnell, ungestüm. Wie seine Augen tanzen! Man kann seinen Zügen jeden Gedanken ablesen. Man weiß, wann er mit einem Triumphschrei den König auf die Königin klatscht. Sein Nachbar wirkt ruhig, langsam und verbissen, doch seine Miene ist zuversichtlich. Das Spiel geht weiter, und man sieht zu und wartet, dass er den Trumpf ausspielt, den er gewiss in der Hand hält. Er will unbedingt gewinnen. Sein Blick ist siegessicher. Nein! Er verliert. Und seine höchste Karte war eine Sieben. Jeder schaut ihn verdutzt an. Er lacht – ein Mann, mit dem man auch abseits des Kartenspiels nicht leicht zurechtkommt. Ein Mann, dessen Gedanken tief unter der Haut verborgen sind.

Gegenüber ruft eine griesgrämige alte Frau laut nach Würstchen, bekommt sie und wirkt hernach nur noch griesgrämiger. Sie sieht jeden finster an, mit einer bösartigen, furchteinflößenden Miene. Ein Hündchen kommt, setzt sich vor sie hin und grinst. Mit einem Hass auf alles, was kreucht und fleucht, im Gesicht füttert sie den Hund mit einem Stück Wurst an einer Gabel und sieht ihn dabei mit einer so konzentrierten Abneigung an, dass man sich fragt, ob es nicht seiner Verdauung schadet. In einer Ecke redet eine stämmige alte Frau unablässig auf einen ernst aussehenden Mann ein, der still dasitzt und ruhig sein Bier trinkt. Es ist klar, dass er ihr Geschwätz nur ertragen kann, solang der Krug voll ist. Er hat sie eingeladen. Er lässt sie reden, während er trinkt. Himmel, wie sie redet! Ohne sich zu regen, ausdruckslos. Ihr Tonfall ändert sich nie, ihre Worte fließen immer weiter wie ein großer, stetiger Fluss. Vier junge Handwerker trampeln in ihren genagelten Stiefeln herein, setzen sich an einen der groben Holztische, rufen nach Bier. Ihre Arme um die Taille eines völlig gleichgültigen Fräuleins, schreien und lachen und singen sie. Fast alle jungen Kerle hier lachen – freuen sich des Lebens. All die alten Leute reden, erinnern sich daran.

Was für herrliche Porträts einige dieser alten, verdorrten Gesichter abgeben würden, wenn jemand sie nur malen könnte – all das malen, was in ihnen steckt, die Tragödien und Komödien, die jener große Dramatiker, das Leben, ihnen auf die verwitterte Haut geschrieben hat! Freude und Kummer, jämmerliche Hoffnungen und Ängste, kindliche Versuche, gut zu sein, gemeine Selbstsucht und erhabene Selbstlosigkeit haben dazu beigetragen, diese alten, runzeligen Gesichter zu formen. Die Fältchen der List und der Freundlichkeit lauern rund um diese verblassenden Augen. Die Furchen der Gier dräuen über diesen blutleeren Lippen, die so oft in geduldigem Heldenmut zusammengepresst wurden.

Sonntag, der 25. – Fortsetzung

Wir speisen – Ein seltsames Gericht – »Mich überkommt Traurigkeit« – Die deutsche Zigarre – Das hübscheste Paar in Europa – »Wie leicht sich Freunde aus den Augen verlieren«, insbesondere am Münchner Bahnhof – Das Opfer des Schicksals – Ein treuer Bradshaw – In den Bergen – Prinz und Bettelknabe – Eine moderne Romanze – Ankunft in Oberau – Kluge und törichte Pilger – Eine interessante Fahrt – Ettal und sein Kloster – Wir erreichen das Ziel unserer Pilgerreise

Um ein Uhr gingen wir in ein Restaurant zum Mittagessen. Die Deutschen essen immer groß zu Mittag und tischen dabei immer kräftige Mahlzeiten auf. In den von Touristen besuchten Hotels wird der *table d'hôte* in der Saison auf sechs oder sieben Uhr festgesetzt, aber nur, um den Gewohnheiten der ausländischen Gäste entgegenzukommen.

Ich erwähne unser Mahl nicht, weil ich glaube, dass der Leser diese Information spannend finden wird, sondern weil ich meine durch Deutschland reisenden Landsleute vor dem übermäßigen Genuss von Liptauer warnen möchte.

Ich liebe Käse und das Verkosten neuer Käsesorten. Als ich also das Käseangebot auf der Speisekarte durchging und auf »Liptauer garniert« stieß, eine Spezialität, von der ich noch nie gehört hatte, beschloss ich, davon zu kosten.

Es war kein verführerisch aussehender Käse. Er wirkte unbekömmlich und bot ein trauriges Bild. Er sah aus wie ein Käse, der in Schwierigkeiten geraten war. Äußerlich glich er am ehesten Fensterkitt. Er schmeckte sogar danach – zumindest so, wie Kitt meiner Vorstellung nach schmecken sollte. Bis heute bin ich mir nicht sicher, ob es nicht tatsächlich Kitt war. Die Garnierung war sogar noch erstaunlicher als der Käse. Auf dem ganzen Teller lagen Dinge, die ich noch nie bei einer Mahlzeit gesehen habe und auch nie wieder sehen möchte. Da lag ein Häufchen getrockneter halber Erbsen, drei bis vier bemerkenswert kleine Kartoffeln – zumindest hielt ich sie für Kartoffeln, vielleicht waren es auch weichgekochte Erdnüsse –, ein paar Kümmelkörner, ein sehr jung aussehender Fisch, anscheinend ein Stichling, und etwas rote Farbe. Es war schon für sich genommen ein kleines Mittagessen.

Ich begriff nicht, wofür die rote Farbe gut sein sollte. B. meinte, sie diene dem Selbstmord. Er stellte sich vor, dass der Gast, der den Teller leergegessen hatte, sich den Tod wünschte, und da die Restaurantbesitzer das wussten, stellten sie vorsorglich eine Portion roter Farbe zur Verfügung, damit er sich vergiften und seinen Leiden ein Ende bereiten könne.

Nach dem ersten Bissen wollte ich nichts mehr von dem Käse essen. Dann tat es mir leid, ihn zurückzuschicken, nachdem ich ihn schon bestellt hatte. Außerdem glaubte ich, ich könnte noch Geschmack daran finden. Bei den meisten guten Dingen muss man erst auf den Geschmack kommen. Ich kann mich noch an eine Zeit erinnern, als ich kein Bier mochte.

So vermischte ich alle Zutaten auf dem Teller – machte daraus eine Art Salat – und aß es mit einem Löffel. Ein grässlicheres Gericht habe ich nicht gekostet seit den Tagen, als ich Willie Evans' Hunde Gassi führte und zweimal durch den Kanal stapfte, sodass ich zu Hause sofort ins Bett gesteckt und gezwungen wurde, Schwefel und Sirup zu schlucken.

Nach dem Essen war ich sehr traurig. Ich erinnerte mich deutlich an alles, was ich im Lauf meines Lebens nicht hätte tun sollen. (Es war wohl eine recht lange Liste.) Ich dachte an all die Enttäuschungen und Rückschläge während meiner Karriere; an all das Unrecht, das ich erdulden musste, all die Gemeinheiten, die man mir gesagt und angetan hat. Ich dachte an alle meine Bekannten, die nun tot waren, und die ich nie wiedersehen würde, an all die Mädchen, die ich geliebt hatte, und die nun mit anderen Kerlen verheiratet waren, und ich wusste nicht einmal ihre aktuellen Adressen. Ich grübelte über unser Dasein auf Erden, wie hohl und falsch und vergänglich es ist und wie viel Kummer es macht. Ich sann nach über die Bosheit der Welt und all ihrer Bewohner und wie gemein alles war.

Ich dachte, wie töricht es von mir und B. war, unsere Zeit zu verschwenden, auf diese dumme Art durch Europa zu sausen. Was für irdische Freuden konnte das Reisen schon bieten – in vollgestopften Zügen durchgerüttelt und in unbequemen Hotels ausgeplündert zu werden?

Zu Beginn unseres Spaziergangs zeigte B. sich fröhlich und gutgelaunt (wir bummelten nach dem Essen die Maximilianstraße entlang); doch während ich mit ihm sprach, stellte ich erfreut fest, dass er zunehmend ernst und schweigsam wurde. Er meint es nicht böse, wissen Sie, er ist nur unaufmerksam.

B. kaufte Zigarren und bot mir eine an. Ich wollte nicht rauchen. Rauchen erschien mir als törichte Verschwendung von Zeit und Geld. Wie ich zu B. sagte: »In wenigen Jahren, vielleicht gar vor Monatsende, liegen wir im stillen Grab und sind Futter für die Würmer. Was soll es uns bringen, wenn wir heute diese Zigarren rauchen?«

B. sagte: »Nun, für mich läge der Vorteil darin, dass du mit einer Zigarre im Mund nicht so viel quasseln kannst. Nimm eine, tu's für mich.«

Ihm zuliebe zündete ich sie an.

Die deutsche Zigarre schmeckt mir nicht. B. sagt, man könne sich nicht beschweren, sie koste nur einen Penny. Ich finde, man kann sich durchaus beschweren, wenn man bedenkt, dass sie mit sechs Stück für einen halben Penny zu teuer wären. Gut gekocht könnte man sie als Gemüse servieren; doch zum Rauchen sind sie nicht das Streichholz wert, mit dem man sie anzündet, schon gar kein deutsches Streichholz. Das deutsche Streichholz ist ein regelrechtes Kunstwerk. Es hat einen gelben Kopf und einen magentaroten oder grünen Stiel und kann gewiss als das hübscheste Streichholz in Europa gelten.

Wir rauchten ziemlich viele Penny-Zigarren in Deutschland, und dass es uns deswegen nicht schlechter ging, schreibe ich unserer vorzüglichen Konstitution zu. Lebensversicherungsagenten hätten meiner Meinung nach gute Gründe, die deutsche Zigarre zu Testzwecken zu verwenden. – Frage: »Sind Sie gerade und waren Sie stets bei guter Gesundheit?« Antwort: »Ich habe eine deutsche Zigarre geraucht und lebe noch.« Lebensversicherung akzeptiert.

Gegen drei Uhr kehrten wir zurück zum Bahnhof und begannen, nach unserem Zug Ausschau zu halten. Wir suchten überall, konnten ihn aber nirgendwo finden. Der Hauptbahnhof von München ist ein riesiges Gebäude und ein Labyrinth aus Durchgängen, Hallen und Korridoren. Es ist viel einfacher, sich darin zu verirren, als irgendetwas zu finden, was man zufällig braucht. B. und ich verirrten uns zusammen und getrennt und verloren einander vierundzwanzig Mal. Eine gute halbe Stunde schienen wir nichts anderes zu tun, als im Bahnhof hin und her zu laufen und einander zu suchen, plötzlich zu finden und zu sagen: »Wo bist du verflixt nochmal gewesen? Ich hab dich überall gesucht. Geh nicht einfach fort«, um uns kurz darauf wieder aus den Augen zu verlieren. Und es war außergewöhnlich bemerkenswert, dass wir uns jedes Mal, nachdem wir uns verloren hatten, unweigerlich – wenn überhaupt – vor der Tür des Bahnhofsbüffets dritter Klasse wiedertrafen.

Wir begannen schließlich, die Tür des Bahnhofsbüffets dritter Klasse als Zuhause zu betrachten und empfanden freudige Erregung, wann immer wir im Lauf unserer ermüdenden Wanderungen durch entlegene Wartesäle und Fundbüros für verlorene Gepäckstücke und Lampendepots die vertraute Türklinke in der Ferne schimmern sahen und wussten, dass wir dort, gleich daneben, den verschollenen Freund wiederfinden würden. Liefen wir sehr lang umher, ohne an der Tür vorbeizukommen, fragten wir einen Beamten nach dem Weg dorthin. »Könnten Sie mir bitte den kürzesten Weg zur Tür des Bahnhofsbüffets dritter Klasse zeigen?«, pflegten wir dann zu sagen.

Als es drei Uhr schlug und wir den Zug um 3:10 Uhr immer noch nicht gefunden hatten, machten wir uns große Sorgen um das arme Ding und erkundigten uns danach.

»Der Drei-Uhr-zehn nach Oberammergau«, sagten sie, »oh, an den haben wir noch gar nicht gedacht.«

»Nicht gedacht!«, riefen wir empört. »Wachen Sie auf, um Himmels willen, es ist schon drei Uhr fünfzig!«

»Ja«, antworteten sie, »drei Uhr fünfzig am Nachmittag. Der Drei-Uhr-zehn ist ein Nachtzug. Haben Sie nicht gesehen, dass er fett gedruckt ist? Alle Züge zwischen sechs Uhr abends und sechs Uhr früh sind fett gedruckt, die am Tag dünn. Sie haben reichlich Zeit. Schauen Sie sich ruhig schon nach etwas um, wo sie zu Abend essen möchten.«

Was Fahrpläne angeht, halte ich mich für den größten Pechvogel, der je geboren wurde. Es kann sich nicht um Dummheit handeln. Handelte es sich um Dummheit, müsste ich zumindest gelegentlich, hin und wieder, einen Treffer landen. Es muss Schicksal sein.

Gibt es einen einzigen Zug unter vierzig, der »nur Samstag« irgendwohin fährt, ist es der Zug, den ich mir für Freitag ausgesucht habe. Ich stehe am Samstagmorgen um sechs auf, frühstücke in aller Eile und renne los, um den Zug für die Rückfahrt zu erreichen, der an jedem Wochentag »außer Samstag« fährt. Ich gehe nach London, Brighton und zu den anderen Bahnhöfen im Süden und suche nach Zügen, die nach Südosten fahren. An Bankfeiertagen vergesse ich, dass Bankfeiertag ist, sitze stundenlang auf zugigen Bahnsteigen und warte auf Züge, die nicht an Bankfeiertagen fahren.

Zu allem Unglück besitze ich leider auch noch einen verhexten Fahrplan, den ich nicht loswerde, einen Bradshaw für August 1887. Am Ersten eines jeden Monats kaufe ich mir immer einen neuen Bradshaw und einen neuen A.B.C. Was am Zweiten des Monats aus ihnen geworden ist, weiß ich nicht. Nach dem Zweiten des Monats sehe ich beide nie wieder. Ich kann nur raten, wohin sie verschwunden sind. Um mich in die Irre zu führen, liegt an ihrer Stelle dieser elende, alte Kadaver von 1887.

Seit drei Jahren versuche ich, ihn loszuwerden, doch er verlässt mich nicht. Ich habe ihn aus dem Fenster geworfen, und er ist jemandem auf den Kopf gefallen, der ihn glattgestrichen wieder ins Haus gebracht hat. Mitglieder meiner Familie – »Freunde« – Menschen von meinem Fleisch und Blut – haben sich dafür bedankt und ihn wieder ins Haus geholt!

Ich habe ihn in ein Dutzend Stücke gerissen und alles die Treppe hinunter in den Garten gefegt, und gewisse Personen – Personen, die mir nicht einmal einen Knopf an meinem Hemd annähen würden, um mich vor dem Wahnsinn zu bewahren – haben sie wieder eingesammelt und sorgfältig zusammengeheftet und den Fahrplan, der wie neu aussah, zurück in mein Arbeitszimmer gelegt!

Dieser Fahrplan hat das Geheimnis ewiger Jugend ergründet. Andere Fahrpläne, die ich gekauft habe, sind binnen einer Woche jämmerliche Fetzenbündel gewesen. Dieser Fahrplan sieht so frisch und neu und sauber aus wie an dem Tag, da er mich dazu verleitet hat, ihn zu erwerben. Äußerlich hat er nichts an sich, was auf einen flüchtigen Blick hin den Verdacht erregen könnte, es handele sich nicht um den aktuellen Bradshaw dieses Monats. Sein offenkundiger Daseinszweck, sein Lebensziel ist es, den Menschen vorzugaukeln, er sei der aktuelle Bradshaw dieses Monats.

Er höhlt meine Moral aus, dieser Fahrplan. Er ist für mindestens zehn Prozent aller Schimpfwörter verantwortlich, die ich jährlich äußere. Er verführt mich zum

Trinken und Spielen. Ständig finde ich mich für drei bis vier Stunden Wartezeit in tristen Provinzbahnhöfen wieder. Ich lese die Werbetafeln an beiden Bahnsteigen, dann werde ich leichtsinnig und eile ins Bahnhofshotel, um mit dem Wirt um eine Runde dreifachen Scotch Billard zu spielen.

Man soll mir den Bradshaw bei meiner Beerdigung in den Sarg legen, damit ich ihn dem Protokollengel zeigen und alles erklären kann. Ich rechne mit einem Nachlass um mindestens fünfundzwanzig Prozent auf die Liste all meiner Vergehen.

Der Zug um 3:10 Uhr morgens war natürlich zu spät für uns. Wir wären erst gegen 9 Uhr in Oberammergau angekommen. Es gab da einen Zug, der um 7:30 Uhr abends fuhr (ich ließ B. das auskundschaften); mit ihm würden wir das Dorf irgendwann in der Nacht erreichen, wenn wir nur eine Transportmöglichkeit von Oberau, dem nächstgelegenen Bahnhof bekämen. Wir telegrafierten dem Cook-Agenten in Oberammergau (zu Hause rümpfen wir alle die Nase vor Mr. Cook und Mr. Gaze und den freundlichen Gentlemen, die Reisenden beistehen, die sich nicht selbst helfen können; doch wie ich festgestellt habe, wenden sich die meisten von uns klammheimlich an den einen oder den anderen, sobald wir ins Ausland reisen möchten), er solle versuchen, uns eine Kutsche zu schicken, die uns vom Bahnhof abholt. Dann gingen wir in ein Hotel und zu Bett, bis es Zeit war, aufzubrechen.

Wir hatten eine großartige Bahnreise von München nach Oberau. Wir fuhren vorbei am schönen Starnberger See, als die Sonne unterging und die Dörfchen und hübschen Villen an seinen Ufern vergoldete. Im Starnberger See, in der Nähe eines prächtigen Lustschlosses, das der arme, verrückte Ludwig von Bayern sich in diesem schönen Tal hatte bauen lassen, hat sich der König ertränkt. Armer König! Das Schicksal gab ihm alles, was einen Mann hätte glücklich machen können, nur nicht die Macht, glücklich zu sein. Das Schicksal sorgt mit Leidenschaft für Ausgleich. Ich kannte einmal einen kleinen Schuhputzer, der seinem Beruf an einer Ecke der Westminster Bridge nachging. Das Schicksal gab ihm im Durchschnitt einen Sixpence am Tag, von dem er leben und sich mit Annehmlichkeiten versorgen konnte. Doch es gab ihm auch die Fähigkeit zu genießen, sodass er immerzu fröhlich war. Er konnte sich für einen Penny so viel Schönes kaufen wie ein Normalbürger für zehn Pfund – oder sogar mehr. Er wusste nicht, dass er arm war, ebenso wenig wie König Ludwig wusste, dass er reich war. Und er lachte und spielte den ganzen Tag und arbeitete ein wenig – nicht mehr als unbedingt nötig – und aß und trank und wettete. Das letzte Mal sah ich ihn im St. Thomas-Spital, in das ihn seine fatale Vorliebe gebracht hatte, hinter der Mauerkrone der Westminster Bridge umherzuwandern. Er hielt es für »prima«, im Krankenhaus zu sein, und erzählte mir, er lebe wie ein Kampfhahn und wolle nicht früher raus als nötig. Ich fragte ihn, ob er keine Schmerzen habe, und er sagte: »Ja, wenn ich daran denke.«

Armer kleiner Kerl! Es gelang ihm nur noch drei Tage, »wie ein Kampfhahn« zu leben. Dann starb er, fröhlich bis zum Schluss, so erzählte man mir, wie ein schneidiger kleiner englischer Gockel. Er war wohl nicht älter als zwölf, als er zum letzten Mal krähte. Er hatte ein kurzes Leben, aber ein fröhliches.

Wenn dieser kleine Bettler und der arme Ludwig doch nur gemeinsame Sache gemacht und des Schuhputzers Fähigkeit, sich zu freuen, und des Königs Überfülle an Luxus geteilt hätten, wie viel Gutes wäre daraus für beide entstanden – besonders für König Ludwig. Dann wäre er nie auf die Idee gekommen, sich zu ertränken – das Leben wäre zu wunderbar gewesen.

Dem Schicksal hätte das allerdings nicht gepasst. Es lacht allzu gern über die Menschen und freut sich daran, das Leben paradox zu gestalten. Dem einen spielt es entzückende Melodien vor, nachdem es ihn zuvor stocktaub gemacht hat. Dem anderen pfeift es ein paar armselige Töne auf einer zerbrochenen Blechflöte, und er hält es für Musik und tanzt!

Einige Jahre später, an derselben Stelle, wo König Ludwig den Göttern ihr Lebensgeschenk entgegengeschleudert hatte, setzte ein etwas törichtes junges Liebespaar seinen Enttäuschungen ein Ende. Da sie erkannten, dass sie im Leben nicht heiraten durften, vermählten sie sich im Tod. Die Geschichte, in den Zeitungen ordnungsgemäß unter Auslandsmeldungen abgedruckt, liest sich eher wie eine alte Rheinsage als ein Artikel über ein wirkliches Ereignis im prosaischen 19. Jahrhundert.

Wenn ich mich richtig erinnere, war er ein deutscher Graf und hatte, wie die meisten deutschen Grafen, wenig Geld. Und ihr Vater verweigerte die Zustimmung, wie jeder Vater, dessen Tochter von einem mittellosen Möchtegernschwiegersohn begehrt wird. Der Graf ging also ins Ausland, um ein Vermögen zu machen oder es zumindest zu vergrößern. Er zog nach Amerika und hatte Erfolg. Nach ein, zwei Jahren kehrte er angemessen reich zurück – musste jedoch feststellen, dass es zu spät war. Seine Dame, überzeugt von seinem Tod, war gezwungen worden, einen anderen Reichen zu ehelichen. Im normalen Leben hätte der Mann sich damit zufriedengegeben, ihr Liebhaber zu werden, und es dem anderen Reichen überlassen, für ihren Unterhalt zu sorgen. Dieses junge Paar hingegen war entweder beherzter oder romantischer als die meisten von uns, ärgerte sich über das Hohngelächter ringsum, ging in einer stürmischen Nacht zum See und ernüchterte das launige Schicksal einen Moment lang, indem die beiden seine grimmige Komödie in eine etwas grimmigere Tragödie umdichteten.

Bald nachdem wir die ruhigen Wasser des Starnberger Sees aus den Augen verloren hatten, tauchten wir ein in die Düsternis der Berge und begannen, auf einer langen, gewundenen Strecke in ihren verborgenen Winkeln bergauf zu fahren. Zuweilen fuhren wir mit einem Kreischen, das einem Angstschrei glich, vorbei an einem gespenstischen Dörfchen, das sich weiß und still im Mondlicht vor den schattigen Bergen abhob, oder an einem dunklen, stillen See oder einem Bergfluss entlang, dessen schäumende Fluten in einem langen, weißen Streifen durch die Schwärze der Nacht fielen.

Wir fuhren vorbei an Murnau im Drachental, einem Städtchen, das in alten Zeiten seine eigenen Passionsspiele hatte und das, wenige Jahre, bevor die Bahnstrecke bis nach Partenkirchen verlängert wurde, der letzte Bahnhof vor Oberammergau gewesen war. Es war ein ziemlich steiler Weg von Murnau über Ettal nach Ammergau – so steil, dass vor wenigen Jahren ein kräftig gebauter Pilger beim Hinaufgehen vor Anstrengung starb. Bergsteiger mit kräftigen Waden und dickleibige Bürger kraxelten damals noch Seite an Seite hinauf, denn Pferde konnten bestenfalls die leere Kutsche ziehen.

Mit jeder Saison wird der europäische Tourist immer mehr verhätschelt. Die Schwierigkeiten und das entsprechende Vergnügen und Reizvolle an seiner Reise werden immer mehr beschnitten und verdorben. In ein paar Jahren wird man ihn in seinem eigenen Wohnzimmer in Watte packen, mit der Adresse seines Zielorts beschriften und ihn dann dort auspacken. Heute trägt ihn die Bahn rund um Ettal nach Oberau, ein Dörfchen, von dem eine für eine Bergstraße einigermaßen befahrbare, rund vier bis fünf englische Meilen lange Straße ihn ins Ammertal bringt.

Um Mitternacht erreichte unser Zug den Bahnhof von Oberau. Doch es ging dort geschäftiger und turbulenter zu als sonst zu Mittag. Scharen von Touristen und Pilgern tummelten sich in dem kleinen Hotel und fragten sich, wie der Wirt auch, wo sie alle schlafen würden. Und obwohl dieses Problem ihren Gastgeber offensichtlich nicht scherte, fragten sie sich außerdem, wie sie am nächsten Morgen rechtzeitig nach Oberammergau kommen sollten, wo die Aufführung stets um 8 Uhr beginnt.

Einige mieteten zu fantastischen Preisen Kutschen, die sie um 5 Uhr abholen sollten; und andere, die keine Kutschen ergattern konnten und beschlossen hatten, zu Fuß zu gehen, wiesen geplagte Kellner an, sie um 2 Uhr 30 zu wecken, und bestellten Frühstück für Punkt Viertel nach drei. (Ich wusste nicht einmal, dass es morgens solche Uhrzeiten gibt!)

Zum Glück wartete unser Wirt, ein achtbarer Bauer, mit einem heruntergekommenen Gefährt auf uns, das wie eine Kreuzung aus Zirkuswagen und Badestuhl aussah und von einem Gespann kräftig wirkender Pferde gezogen wurde; und nach einem Geplänkel zwischen unserem Kutscher und einem Mob aus gut zwanzig Touristen, die das Fahrzeug mit einem Omnibus verwechselt hatten, einsteigen wollten und es wohl umgekippt hätten, fuhren wir los.

Immer höher kletterten wir, immer erhabener ragten die bedrohlichen, von Mondlicht beschienenen Berge ringsum auf, und immer eisiger wurde die Luft. Ein Großteil der Strecke kamen wir nur im Schneckentempo voran. Die Pferde zogen uns von einer Seite der steilen Straße zur anderen; doch wann immer unser Kutscher die immergleiche Geschwindigkeit mit einem gestreckten Galopp ändern konnte – etwa an einem abschüssigen Hang, der gelegentlich auf einen besonders langen und mühsamen Aufstieg folgte –, dann tat er dies rücksichtsvoll. Zu solchen Gelegenheiten wurde die Fahrt ganz schön aufregend, und wir vergaßen all unsere Müdigkeit.

Je steiler der Hang, desto schneller fuhren wir. Je holpriger die Straße, desto eiliger schienen es die Pferde zu haben, sie rasch hinter sich zu lassen. Während des Galopps genossen B. und ich in konzentrierter Form die üblichen Vorzüge einer Kanalüberquerung an einem stürmischen Tag, einer Achterbahnfahrt und eines Sprungtuchs, auf dem man herumgeschleudert wird – ein hartes, knubbeliges Sprungtuch voll tückischer Ecken und scharfer Kanten. Ich hätte nie gedacht, dass ein einziges Gefährt so viele unterschiedliche Gefühle wecken kann.

Ungefähr auf halber Strecke fuhren wir an Ettal am Eingang zum Ammertal vorbei. Die große weiße Kirche, im Zentrum eines Dörfchens, hoch oben zwischen unwirtlichen Bergen, ist für fromme Katholiken ein berühmter Pilgerort. Vor vielen Jahrhunderten baute dort einer der frühen bayrischen Könige ein Kloster als Schrein für ein wundersames Bildnis der Jungfrau Maria, das ihm als Beistand vom Himmel gesandt worden war, als er in der Fremde, von Feinden umzingelt, in schlimme Not geriet. Womöglich waren die starken Arme und wackeren Herzen seiner bayrischen Freunde in seiner Bedrängnis nicht weniger hilfreich, doch die lebenden Helfer wurden vergessen. Die alte Kirche und das Kloster, eine Art Chelsea-Hospital für heruntergekommene Ritter, wurde in einer entsetzlichen Nacht vor ungefähr hundertfünfzig Jahren von einem Blitz zerstört. Doch das wundertätige Bildnis wurde unversehrt geborgen und kann heute noch unter der Kuppel der viel weniger eindrucksvollen Kirche, die auf den Trümmern des alten Gebäudes errichtet wurde, besichtigt und angebetet werden.

Das Kloster, das man gleichzeitig neu baute, dient nun einem viel nützlicheren Zweck und ist eine Brauerei.

Ab Ettal ist die Straße vergleichsweise eben, und indem wir sie hurtig entlangzuckelten, erreichten wir bald Oberammergau. Hinter dem einen oder anderen Fenster der rechteckigen Steinhäuser wanderten Lichter hin und her, und dunkle, merkwürdig aussehende Gestalten gingen durch die Straßen, um die große Veranstaltung vorzubereiten, die mit Tagesanbruch beginnen sollte.

Wir ratterten lautstark durchs Dorf. Unser Kutscher brüllte jedem, an dem er vorbeifuhr »Gute Nacht!« zu, mit einer Stimme, die ausreichte, jeden Schlafenden im Umkreis von einer Meile aufzuwecken. Er sauste unbeschwert um ein halbes Dutzend Ecken, trabte über den Weg von jemandes Vorgarten, zwängte uns durch ein Tor und blieb vor einer offenen Tür stehen, durch die helles Licht auf zwei hochgewachsene, hübsche Mädchen fiel, die Töchter unseres Gastwirts, die in der Vorhalle standen und auf uns warteten. Sie führten uns in ein großes, bequem möbliertes Zimmer, wo ein verführerisches Mahl aus Kalbsbraten (in Deutschland scheint man von Kalbfleisch zu leben) und Weißwein bereitstand. Unter normalen Umständen hätte ich befürchtet, ein solches Essen würde mir während der nächsten sechs Stunden eher Lust auf Bewegung und Auslauf machen als auf Schlaf. Doch in dieser Nacht wäre ein Dutzend glühender Ziegelsteine nötig gewesen, um mich wachzuhalten, fünf Sekunden nachdem ich mein Haupt auf das Kissen – oder was man in Deutschland Kissen nennt – gebettet hatte; und so langte ich ohne zu zögern herzhaft zu.

Nach dem Essen geleitete der Gastwirt uns zu unserem Schlafzimmer, einem luftigen Raum mit verschiedenen bunt bemalten, frommen, aber etwas unheimlichen Schnitzwerken, die wohl dazu gedacht waren, die Nachtruhe nervöser oder empfindsamer Menschen zu stören.

»Bitte wecken Sie uns morgen früh rechtzeitig«, sagte B. zu dem Mann. »Wir wollen nicht um vier Uhr nachmittags aufwachen, um festzustellen, dass wir das Spiel versäumt haben, nachdem wir eigens deswegen hergefahren sind.«

»Das passt schon«, erwiderte der alte Kerl. »Sie bekommen keine Gelegenheit zu verschlafen. Vor fünf sind wir alle auf den Beinen, und das Dorf ist in Aufruhr. Außerdem spielt die Musikkapelle um sechs genau hier unterm Fenster, und die Kanone am Kofel feuert um ...«

»Jetzt passen Sie mal auf«, unterbrach ich ihn, »für mich reicht das nicht. Sie glauben doch nicht, dass ich von Aufruhr unter dem Fenster, Blaskapellenwettbewerben, Erdbeben und Explosionen und derlei wach werde. Das funktioniert so nicht. Jemand muss in dieses Zimmer kommen und mich aus dem Bett zerren und sich auf das Bett setzen und aufpassen, dass ich nicht wieder hineinkrieche oder auf dem Fußboden weiterschlafe. Nur so kann man mich morgen früh auf die Beine bringen. Kommen Sie mir nicht mit Aufruhr im Dorf und Kanonen und deutschen Musikkapellen. Ich weiß, worauf das alles hinausläuft: Ich fahre zurück nach England, ohne die Show gesehen zu haben. Ich möchte morgens geweckt und nicht wieder in den Schlaf gewiegt werden.«

B. übersetzte dem Mann die wichtigsten Teile meiner Rede, und er lachte und schwor bei seinem heiligen Ehrenwort, dass er persönlich kommen und uns aufscheuchen werde. Da er ein strammer, entschlossen wirkender Mann war, gab ich mich damit zufrieden, wünschte ihm »Gute Nacht« und beeilte mich, die Stiefel auszuziehen, bevor ich einschlief.

Dienstag, der 27.

Ein schöner Morgen – Was kann man über das Passionsspiel sagen? – B. hält einen Vortrag – Unzuverlässige Beschreibung von Oberammergau – Übertriebene Beschreibung seiner Witterungsverhältnisse – Möglicherweise falscher Bericht über den Ursprung des Passionsspiels – Ein gutes Gesicht – Der kultivierte Schuljunge und seine unwissenden Verwandten

Ich liege im Bett oder, um der Wahrheit näher zu kommen, ich sitze auf einem grünen Satinkissen mit Spitzenüberzug und schreibe diese Notizen. Eine grüne Satindecke mit Spitzenüberzug liegt neben mir auf dem Fußboden. Es ist ungefähr elf Uhr vormittags. B. sitzt wenige Fuß entfernt aufrecht im Bett und raucht seine Pfeife. Wir haben gerade eine kleine Stärkung zu uns genommen, und zwar – was meinen Sie? Sie werden es nie erraten – Kaffee und Brötchen. Wir wollen die Woche abrunden, indem wir den ganzen Tag, auf jeden Fall bis zum Abend, im Bett bleiben. Zwei englische Damen haben das Zimmer neben unserem belegt. Auch sie scheinen beschlossen zu haben, den ganzen Tag dort zu verbringen. Wir hören, wie sie murmelnd in ihrem Zimmer auf und ab gehen. Sie haben das während der letzten Dreiviertelstunde getan. Sie scheinen sich über irgendetwas Sorgen zu machen.

Es ist sehr angenehm hier. Im Theater findet heute eine Zusatzvorstellung statt, für jene, die gestern keinen Platz bekommen haben, und durchs offene Fenster hören wir den rhythmischen Gesang des Chors. Durch die Entfernung gedämpft, dringt die traurige Kadenz der

Klagelieder mit den schrillen, haydnartigen Klängen des Orchesters melancholisch und lieblich an unsere Ohren.

Wir haben das Spiel gestern gesehen und diskutieren es gerade. Ich beschreibe B., wie schwierig es für mich ist, einen Bericht darüber in mein Tagebuch zu notieren. Ich sage ihm, dass ich wirklich nicht weiß, was ich schreiben soll.

Er raucht eine Weile schweigend, nimmt dann seine Pfeife aus dem Mund und sagt: »Ist es sehr wichtig, was du darüber schreibst?«

Diese Frage wirkt geradezu befreiend. Sofort hebt sie das schwer auf mir lastende Verantwortungsgefühl von meinen Schultern, das mich niedergedrückt hatte. Ist es wichtig, was ich schreibe? Ist es wichtig, was irgendjemand von uns über irgendetwas sagt? Niemand nimmt wirklich Notiz davon, zum Glück für alle. Diese Überlegung muss für Redakteure und Kritiker äußerst tröstlich sein. Ein gewissenhafter Mann, der glaubt, seine Worte haben Gewicht und Einfluss, würde sich davor fürchten, überhaupt irgendetwas zu äußern. Nur wer weiß, dass seine Worte nicht den geringsten Unterschied für irgendjemand machen, kann eloquent und leidenschaftlich und selbstsicher werden. Es ist völlig egal, was ich über die Passionsspiele von Oberammergau schreibe. Ich schreibe also nur, was ich will.

Was aber will ich schreiben? Was könnte ich sagen, das nicht schon von anderen viel besser gesagt wurde? (Ein Autor muss stets so tun, als glaubte er, alle anderen Autoren würden besser schreiben als er. Eigentlich glaubt er das gar nicht, aber es macht einen guten Eindruck, wenn er so tut als ob.) Was kann ich schreiben, das der Leser nicht schon weiß? Oder das er wissen will, falls er es nicht weiß? Es ist recht leicht, über Nichts zu sprechen, so wie ich es in diesem Tagebuch bislang getan habe. Ist man hingegen mit der Aufgabe konfrontiert, über etwas schreiben zu müssen, dann wünscht man sich, ein achtbarer, gutsituierter Straßenkehrer zu sein – einer mit einem eigenen, schönen Laden und Pony –, statt ein Autor.

B. sagt: »Warum beschreibst du nicht erst einmal Oberammergau.«

Ich sage, es sei schon so oft beschrieben worden.

Er sagt: »Wie das Bootrennen zwischen Oxford und Cambridge und das Derby in Epsom. Doch es gibt immer noch Leute, die darüber schreiben und andere finden, die ihre Beschreibung lesen. Schreib, dass das Dörfchen rings um die Kirche mit der moscheeartigen Kuppel sich in die Mitte eines Tales schmiegt, umgeben von hohen, fichtenbedeckten Bergen, die mit dem kreuzbekrönten Kofel als Oberhaupt wie strenge, starke Wächter seinen alteuropäischen Frieden gegen Lärm und Getöse der Außenwelt verteidigen. Beschreib, wie die viereckigen, weißgetünchten Häuser unter großen, vorstehenden Giebeln Schutz suchen, von mit Schnitzereien verzierten Holzbalkonen und Verandas umkränzt, wo, in der Kühle des Abends, Holzschnitzer und Bauer beisammen sitzen, ihre langstieligen bayrischen Pfeifen rauchen und über das Vieh, das Passionsspiel und Dorfpolitik plaudern. Und wie über der Vorhalle in grellen Farben buntbemalte Figuren von Heiligen, Jungfrauen und derlei guten Leuten stehen, die der Regen bedauerlich verstümmelt hat, sodass ein Engel ohne Beine auf einer Straßenseite niedergeschlagen zu einer kopflosen

Madonna auf der anderen Seite blickt, während an einer ungeschützten Ecke irgendein glückloser Heiliger, dem das Wetter noch übler mitgespielt hat als so mancher Heide, von allem beraubt wurde, was er sein Eigentum hätte nennen können, bis auf einen halben Kopf und ein Paar übergroße Füße.

Erkläre, wie alle diese Häuser entsprechend des Datums ihrer Errichtung nummeriert sind, sodass Nummer siebzehn neben Nummer siebenundvierzig steht, und dass es keine Nummer eins gibt, da sie abgerissen wurde. Erzähl, wie unkundige Besucher, denen man gesagt hat, ihre Unterkunft sei in Nummer dreiundfünfzig, tagelang um Nummer zweiundfünfzig herumwandern, in der gar nicht so unvernünftigen Annahme, ihr Haus müsse nebenan sein, obwohl es tatsächlich eine halbe Meile entfernt am anderen Ende des Dorfes steht. Eines sonnigen Morgens sieht man sie auf der Schwelle von Nummer achtzehn sitzen und Bruchstücke aus traurigen Kinderliedern singen, während sie versuchen, ihre Zehen in Fußmatten einzuflechten. Man holt sie ab und schafft sie schreiend fort, wonach sie ihr Leben in einem Irrenhaus in München beschließen.

Schreib über das Wetter. Leute, die hier einige Zeit verbracht haben, erzählen mir, dass es in Oberammergau an drei von vier Tagen regnet, und am vierten Tag regnet es nur deshalb nicht, weil er für eine Überschwemmung reserviert ist. Sie haben mir auch erzählt, dass ringsum die Sonne scheint, wenn es im Dorf kräftig schüttet, und dass die Dörfler, sobald das Wasser durch die Dächer dringt, ihre Kinder schnappen und auf das nächste Feld laufen, wo sie sitzen und warten, bis der Sturm sich gelegt hat.«

»Glaubst du ihnen ... den Leuten, die dir das alles erzählt haben?«, frage ich.

»Ich persönlich nicht«, antwortet er. »Ich vermute, sie tischen mir Übertreibungen auf, weil ich so jung und unschuldig aussehe. Doch haben ihre Behauptungen gewiss einen wahren Kern. Ich selbst habe Oberammergau bei strömendem Regen verlassen und auf der anderen Seite des Kofel einen wolkenlosen Himmel vorgefunden.«

»Dann«, fährt er fort, »kannst du über das harte Leben der bayrischen Bauern berichten. Wie Bauer und Bäuerin beim heftigsten Regen ohne Hut und Schuhe herumlaufen und den Schauer lediglich als erfrischende Abkühlung empfinden. Wie sie, während der Aufführung des Passionsspiels, schauspielern und singen und auf der dachlosen Bühne herumstehen, ohne auch nur die geringste Notiz zu nehmen von dem herabprasselnden Wasser, das ihre Roben durchweicht und ihnen aus dem pitschnassen Haar läuft, um große Pfützen auf den Bühnenbrettern zu bilden. Und wie das Publikum auf den billigeren, ungeschützten Plätzen des Theaters ebenso gleichmütig dasitzt und zusieht, ohne auch nur im Traum daran zu denken, einen Regenschirm aufzuspannen – oder wie jemand, der im Traum doch daran denkt, von den Stöcken seiner Hintermänner sehr grob geweckt wird.«

An dieser Stelle schweigt B., um seine Pfeife neu anzuzünden, und ich höre die beiden Damen nebenan aufgeregter denn je herumkramen und murmeln. Mir scheint, sie lauschen an der Tür (ihr Zimmer und unseres sind durch eine Tür verbunden). Ich wünschte, sie würden entweder wieder zu Bett oder hinuntergehen. Sie sind echte Plagegeister.

»Und was soll ich schreiben, nachdem ich das alles geschrieben habe?«, frage ich B., nachdem er endlich seine Pfeife angezündet hat.

»Also danach«, erwidert er, »beschreibst du die Geschichte des Passionsspiels. Wie es dazu kam, dass es aufgeführt wird.«

»Aber das haben doch schon so viele getan«, wiederhole ich.

»Umso besser für dich«, lautet seine Antwort. »Da die Öffentlichkeit die Geschichte schon aus einem halben Dutzend anderer Quellen kennt, wird sie geneigt sein, dir zu glauben, wenn du den Bericht wiederholst. Erzähl, dass Bayern während des Dreißigjährigen Kriegs von einer schrecklichen Plage heimgesucht wurde (als wären ein halbes Dutzend verschiedener Armeen, die kreuz und quer durchs Land ziehen und einander aus Gott weiß welchen Gründen bekämpfen und dabei die Bevölkerung ausplündern, nicht schon Plage genug), die jede Stadt und jedes Dorf verwüstete. Von all den Bergdörfern gelang es nur Oberammergau, mittels einer selbst verhängten, streng bewachten Quarantäne, den Schwarzen Tod eine Weile in Schach zu halten. Keine Menschenseele durfte das Dorf verlassen, kein Lebewesen es betreten.

Doch in einer finsteren Nacht kroch ein Einwohner Oberammergaus, ein gewisser Kaspar Schuchler, der in dem pestverseuchten Nachbardorf Eschenlohe gearbeitet hatte, bäuchlings an den dösenden Wachposten vorbei, erreichte sein Zuhause, um zu sehen, wonach er sich tagelang gesehnt hatte – seine Frau und Kinder. Es war eine selbstsüchtige Tat, und er und seine Nachbarn im Dorf mussten sie teuer bezahlen. Drei Tage nachdem er das Haus betreten hatte, waren er und seine Familie tot, und die Pest wütete im Tal, und nichts schien ihr Einhalt gebieten zu können.

Wann immer der Mensch scheitert, hält er es für fair, dem Himmel eine Chance zu geben. Die guten Leute, die am Ufer der Ammer wohnten, schworen, dass sie alle zehn Jahre ein Passionsspiel aufführen würden, wenn die Pest sie verschonte. Die himmlischen Mächte scheinen auf das Angebot sofort eingegangen zu sein.

Die Pest verschwand wie von Zauberhand, und seither haben die Oberammergauer alle zehn Jahre ihr Versprechen gehalten und ihr Passionsspiel aufgeführt. Bis heute ist es für sie ein frommer Brauch. Vor jeder Aufführung versammeln sich die Darsteller auf der Bühne um ihren Pfarrer, knien und beten um Segen für das nun beginnende Spiel. Nachdem den Schauspielern ein Lohn ausbezahlt wurde, der sie gerade eben für ihren Zeitaufwand entschädigt – Holzschnitzer Maier, der Christus, erhält rund fünfzig Pfund für um die dreißig Aufführungen einer Saison, ganz zu schweigen von den Proben im Winter –, werden die Einkünfte beiseitegelegt und fließen zum Teil an die Gemeinde, der Rest geht an die Kirche. Vom Bürgermeister bis zum Schäferjungen, von Maria und Jesus bis zum gemeinen Statisten arbeiten alle aus Liebe zu ihrer Religion, nicht wegen des Geldes. Jeder im Glauben, auf diese Weise das Christentum zu unterstützen.«

»Und ich könnte auch den großartigen alten Daisenberger erwähnen«, füge ich hinzu, »den sanften, schlichten, alten Priester, den Vater des Tals, der nun still inmitten seiner geliebten Kinder liegt. Er war es, der die rohe Farce eines gröberen Zeitalters zu dem eindrucksvollen, ehrfurchtgebietenden Drama machte, das wir gestern gesehen haben. Hier über dem Bett hängt sein Porträt. Was für ein schlichtes, gemütvolles, gütiges Gesicht! Wie schön, wie hilfreich ist es, hin und wieder ein gütiges Gesicht zu sehen! Kein verklärtes Gesicht, das an buntes Glas und Marmorgrabmäler erinnert, sondern ein zerfurchtes, dem Mark, Regen und Sonnenschein des Lebens eingeprägt sind, und das an Ausdruckskraft gewonnen hat, nicht indem es zu den Sternen aufblickte, sondern indem es die menschlichen Dinge ringsum lachenden und liebenden Auges betrachtete.«

»Ja«, stimmt B. zu, »schreib das, wenn du möchtest, es schadet nicht. Und dann kannst du vom eigentlichen Schauspiel berichten und welchen Eindruck es auf dich gemacht hat. Mach dir nichts aus dummen Bemerkungen. Die werden den Text nur verbessern. Dumme Bemerkungen sind im Allgemeinen interessanter als vernünftige.«

»Aber welchen Zweck hat es, überhaupt darüber zu schreiben?«, dränge ich. »Inzwischen weiß doch jeder Schuljunge alles über das Passionsspiel von Oberammergau.«

»Was kümmert dich das?«, erwidert B. »Du schreibst nicht für kultivierte Schuljungen, du schreibst für einfache Männer und Frauen. Sie freuen sich über ein paar Informationen zum Thema. Und kommt der Kleine in den Ferien nach Hause, können sie zumindest darüber mit ihm auf Augenhöhe diskutieren, ohne dumm zu wirken.«

»Komm«, sagt er freundlich und versucht, mir auf die Sprünge zu helfen, »was hältst du davon?«

»Nun«, antworte ich, nachdem ich eine Weile gegrübelt habe, »ich glaube, dass ein Schauspiel mit achtzehn

Akten und rund vierzig Szenen, das um acht Uhr früh beginnt und nach eineinhalb Stunden Mittagspause bis sechs Uhr abends dauert, zu lang ist. Das Stück muss gekürzt werden. Ein Drittel ist eindrucksvoll und bewegend und, was ein echter Theaterkenner zu Hause immerzu von einem Drama verlangt: erhebend. Doch die übrigen zwei Drittel halte ich für langweilig.«

»Stimmt«, antwortet B. »Aber wir dürfen nicht vergessen, dass die Aufführung nicht der Unterhaltung dienen soll, sondern als Gottesdienst gedacht ist. Irgendeinen Teil davon als uninteressant zu kritisieren, ist, als plädiere man dafür, die Hälfte der Bibel zu streichen, da man die ganze Geschichte auch auf einem Drittel ihres Seitenumfangs erzählen könnte.«

Dienstag, der 27. – Fortsetzung

Wir reden weiter – Ein Streitgespräch – Die Geschichte, die die Welt veränderte

»Und nun zum Guten und Schlechten der Aufführung. Hast du aus religiöser Sicht irgendwelche Einwände gegen das Stück?«

»Nein«, antworte ich, »keine. Ich verstehe auch nicht, wie irgendjemand, am wenigsten ein wirklich frommer Christ, welche haben könnte. Wenn manche behaupten, das Christentum sollte als heiliges Mysterium behandelt werden, widerspricht dies dem ganzen Konzept des Christentums. Christus selbst hat den Vorhang im Tempel zerrissen und die Religion auf die Straßen und Marktplätze der Welt getragen. Christus war ein normaler Mensch. Er lebte ein normales Leben inmitten normaler Männer und Frauen. Er starb einen normalen Tod. Ein Kritiker, der sich mit dem Fall befasst, würde seine Lehrmethoden in der Samstagszeitung zweifellos als vulgär bezeichnen. Das Christentum wurzelt tief im Boden des Lebens, in allem, was gewöhnlich und gemein und kleinlich und alltäglich ist. Seine Stärke liegt in der Schlichtheit, der einfachen Menschlichkeit. Es hat sich auf der Welt verbreitet, weil es die Herzen mehr als die Köpfe der Menschen anspricht. Soll es weiterleben und gedeihen, muss man ihm mit den Mitteln der Oberammergauer Bauernschauspieler auf die Sprünge helfen, nicht mit anspruchsvollen Essays und gelehrsamen Diskussionen unter Kultivierten.

Die dichtgedrängten Zuschauer neben uns im Theater sahen Jesus gestern deutlicher, als irgendein noch so inspiriertes Buch ihn zu zeigen vermag. Klarer, als noch so wohlklingende Worte ihn darstellen können. Sie sahen den Kummer in seinem ruhigen Gesicht. Sie hörten, wie seine tiefe Stimme ihnen zurief. Sie sahen ihn in der Stunde seines sogenannten Triumphs, wie er seinen Weg durch die schmalen Gassen Jerusalems ging, wie die Menschen sich um ihn scharten, mit grünen Palmzweigen winkten und laut Hosanna riefen.

Was für eine armselige Szene des Triumphs! – ein blasser Mann in einem ärmlichen Gewand auf dem Rücken eines widerspenstigen kleinen grauen Esels, der langsam durch die Nebenstraßen einer Stadt trottet, die sich eifrig mit anderen Dingen beschäftigt. Neben ihm eine Gruppe erschöpfter, ängstlicher Männer in abgewetzter Kleidung – Fischer, kleine Angestellte und dergleichen. Und hinter ihnen ein lärmender Mob, schreiend, wie Menschenmengen überall und seit jeher schreien, so wie Hunde bellen, ohne zu wissen warum – weil andere schreien oder bellen. Und diese Szene markiert den größten Triumph, den der Dorfzimmermann aus Galiläa je erlebte, über den die Welt während der letzten tausendachthundert Jahre so viel gestritten und nachgedacht und gesprochen hat.

Sie sahen ihn wütend und empört, als er die Frevler aus dem Tempel jagte. Sie sahen den Mob, der ihm noch kurz zuvor gefolgt war und Hosanna gejubelt hatte, von ihm abfallen, um sich den feindseligen Rufern anzuschließen.

Sie sahen die Hohepriester in ihren weißen Roben mit den Rabbis und Gelehrten, all den Bedeutenden und Gebildeten des Landes, unter dem Kuppeldach der Ratshalle des Sanhedrin beisammensitzen und seinen Tod planen.

Sie sahen ihn mit seinen Jüngern im Hause Simons. Sie sahen, wie die arme, liebevolle Maria Magdalena seine Füße mit kostbarem Öl salbte, das man für dreihundert Pence hätte verkaufen können, um das Geld den Armen – und uns – zu geben. Judas war so rücksichtsvoll zu den Armen, so eifrig darauf bedacht, dass andere all ihr Hab und Gut verkaufen und das Geld den Armen – und uns – geben. Mir scheint, man hört sogar jetzt noch Judas' Stimme von mancher Kanzel und manchem Podest, wie sie sich über all die Verschwendung empört und für die Armen – und uns – eintritt.

Sie waren dabei, als Jesus und Maria im Garten von Bethanien auseinandergingen, und es wird Tage dauern, bis die Szene in den Herzen nicht länger nachklingt. In dieser Szene kommt die Menschlichkeit der großen Tragödie am deutlichsten zum Ausdruck. Auf Jesus warten in Jerusalem Kummer und Tod. Maria spürt dies und fleht ihn an zu bleiben.

Arme Maria! Für andere ist er Christus, der Erlöser der Menschheit, der aufbricht zu seiner gewaltigen Mission, die Welt zu befreien. Für die liebende Mutter Maria ist er ihr Sohn: das Baby, das an ihrer Brust saugte, der Kleine, den sie auf ihrem Schoß in den Schlaf gesungen hat, dessen Bäckchen an ihrem Herzen ruhte, dessen Füßchen lieblich durchs armselige Zuhause in Bethanien trommelten: Er ist ihr Junge, ihr Kind. Ihre mütterlichen Arme hielten ihn fest umschlungen, um ihn vor der ganzen Welt, sogar vor dem Himmel, zu schützen.

Noch nie, in keinem menschlichen Drama, habe ich eine bewegendere Szene gesehen als diese. Noch nie hat die Stimme einer Schauspielerin (und ich habe einige der größten gesehen, falls es überhaupt noch große gibt) mich dermaßen gerührt wie die Stimme von Rosa Lang, der Tochter des Bürgermeisters. Es war nicht die Stimme einer Frau, es war die Stimme aller Mütter dieser Welt.

Oliver Wendell Holmes[7] beichtet, wahrscheinlich in *The Autocrat of the Breakfast Table*, er sei zu verschiedenen Anlässen von zwei Frauenstimmen betört worden, und beide Stimmen hätten deutschen Frauen gehört. Beide Behauptungen des guten Doktors wundern mich nicht. Ich bin sicher, dass ein Mann, der sich in eine Stimme verliebt und nach ihrem Ursprung sucht, entdeckt, dass sie einer freundlich aussehenden deutschen Frau gehört. Noch nie in meinem Leben und mehr als einmal habe ich so entzückende, seelenvolle Musik gehört wie aus dem Mund eines lieblichen deutschen Fräuleins, als es zu sprechen begann. Die Stimme war so rein, so klar, so tief, so erfüllt von sanfter, anschmiegsamer Zärtlichkeit, so trostreich, so beruhigend, dass sie mir vorkam wie eine jener Melodien, von denen Musiker uns erzählen, sie hätten von ihr geträumt, ohne sie je an die Erde ketten zu können.

Als ich im Theater saß, den wundervollen, sich wie das Murmeln eines Ozeans hebenden und senkenden Klängen dieser Bergbauernfrau lauschte, die das riesige Gebäude unter freiem Himmel mit ihrer sehnsüchtigen Stimme füllte, die wie ein starker Wind eine Äolsharfe zum Klingen brachten, die tausend zitternde Herzen ringsum rührte, da schien mir, als lauschte ich tatsächlich der Stimme der Weltmutter, von Mutter Natur schlechthin.

Sie sahen ihn, wie sie ihn oft auf Bildern gesehen haben, mit seinen Jüngern beim letzten Abendmahl. Doch gestern sahen sie ihn nicht als stumme, reglose Figur in einer konventionellen, ausdruckslosen Pose, sondern als lebendigen, liebenden Mann, der mit seinen lieben Freunden kameradschaftlich zusammensitzt, mit denen, die aller Welt zum Trotz an ihn geglaubt hatten und seinem ärmlichen Schicksal gefolgt waren, wie er zum letzten Mal sanft mit ihnen sprach und sie tröstete.

Sie hörten ihn Brot und Wein segnen, die sie selbst bis heute zu seinem Andenken zu sich nehmen.

Sie sahen seine Qualen im Garten von Gethsemane, den Menschen, der vor dem Kelch des Leids zurückschreckt. Sie sahen, wie Judas, der falsche Freund, ihn mit einem Kuss betrog. (Ach, armer Judas! Er liebte Jesus doch wie die anderen. Nur seine Furcht vor Armut ließ ihn seinen Herrn verraten. Er war so arm – er brauchte das Geld! Uns graut vor Judas. Beten wir lieber, dass wir nie in Versuchung geraten, für ein paar Silbermünzen eine Schandtat zu begehen. Die Furcht vor Armut hat Menschen seit jeher zu Schurken gemacht, und so wird es immer sein. Wir wären gern fromm und edel und gerecht, nur leider sind die Zeiten so schlecht, dass wir es uns nicht leisten können! Wie Becky Sharp[8] sagt: Es ist so leicht, mit fünftausend im Jahr gut und edel zu sein, aber so ungeheuer schwer mit nur fünf. Wäre Judas wohlhabend gewesen, dann wäre er heute vielleicht ein Heiliger und kein Verfluchter. Er war nicht böse. Er hatte nur einen Makel – den Makel, der überall auf der Welt den Unterschied ausmacht zwischen einem Heiligen und einem Schurken – er war ein Feigling, er fürchtete sich vor der Armut.)

Sie sahen ihn, blass und schweigsam, wie man ihn erst vor die Priester seiner Landsleute zerrte, dann vor den römischen Statthalter, während die Stimmen des Volkes – dieselben, die ihm Hosanna zugerufen hatten – »Kreuzigt ihn! Kreuzigt ihn!« schrien. Sie sahen ihn bluten unter der Dornenkrone. Sie sahen ihn, verfolgt vom brüllenden Mob, unter der Last des Kreuzes zusammenbrechen. Sie sahen die Frau, die ihm den blutigen Schweiß von der Stirn wischte. Sie sahen den letzten, langen, wortlosen Blickwechsel zwischen Mutter und Sohn, als er auf dem Weg in seinen Tod in der schmalen Gasse an ihr vorüberging, durch die er einst im kurzlebigen Triumph geritten war. Sie hörten ihr leises Schluchzen, als sie sich auf Maria Magdalena gestützt abwandte. Sie sahen ihn zwischen den Dieben ans Kreuz genagelt. Sie sahen das Blut aus seiner Flanke fließen. Sie hörten seinen letzten Ruf an seinen Gott. Sie sahen ihn über den Tod siegen.

Nur wenige gläubige Christen im Publikum dürften das Theater verlassen haben, ohne dass ihr Glaube und ihre Liebe gestärkt worden wären. Der Gott der Christen wurde um ihretwillen Mensch und lebte, litt und starb wie ein Mensch, und als unter Menschen lebenden, leidenden, sterbenden Mann haben sie ihn am heutigen Tag gesehen.

Jemand mit Fantasie braucht keine Nachahmung, so vorzüglich, so ehrerbietig sie sein mag, um vor seinen Augen die schlichte Herrlichkeit der großen Tragödie zu entfalten, vor der vor rund achtzehneinhalb Jahrhunderten am Kalvarienberg der Vorhang fiel. Ein kultivierter Verstand braucht keine Geschichte über menschliches Leid, um ihn von einem Glauben zu überzeugen und ihn daran zu binden. Doch Fantasievolle und Kultivierte sind selten und weit verstreut, und auch die Bauern von Oberammergau können für das eintreten, wofür ihr

Herr einst eintrat: dass man nicht den Gebildeten beistehen sollte, sondern den Armen im Geiste.

Auch der Nicht-Gläubige tritt voller Nahrung für seine Gedanken hinaus auf die Dorfstraße. Die grobe Predigt, gehalten in dieser Kirche am Berghang, hat ihm klarer denn je das Geheimnis offenbart, worin die Stärke des Christentums liegt. Den Grund dafür, warum von allen Religionen, welche die Natur ihren bedürftigen Kindern gelehrt hat, um den Hunger ihrer Seelen zu stillen, dieser Glaube, entstanden am See von Galiläa, sich am weitesten über die Welt ausgebreitet und sein Zeichen am tiefsten ins menschliche Leben eingeprägt hat. Nicht durch seine Lehren, nicht einmal durch seine Versprechungen hat Christus Eingang in die Herzen der Menschen gefunden, sondern durch seine Lebensgeschichte.«

Dienstag, der 27. – Fortsetzung

Wir diskutieren die Aufführung – Eine wunderbare Leistung – Familie Adam – Einige lebendige Gruppen – Die Hauptdarsteller – Ein guter Mann, aber ein schlechter Judas – Wo der Schauspieler auf Bäumen wächst – Ein Alarm!

»Und was hältst du von der Aufführung selbst?«, fragt B.

»Oh«, antworte ich, »ich bin wohl derselben Meinung wie jeder andere, der das Stück gesehen hat: dass es eine wunderbare Leistung ist.

Erfahrene, professionelle Bühnenmanager, denen alle Mittel und Methoden des Theaters zur Verfügung stehen, halten es für unmöglich, aus in Theaterluft aufgewachsenen Männern und Frauen eine Gruppe zu bilden, die nicht wie eine nervöse Schar heruntergekommener Bettler aussieht, die um einen Teller Suppe anstehen.

In Oberammergau ist es ein paar Dorfpriestern und Durchschnittsbürgern, von denen wahrscheinlich keiner je ein Theater von innen gesehen hat, gelungen, mit Bauern, die von ihren Schnitzbänken und Melkschemeln direkt auf die Bühne kommen, so natürliche, echte und realistische Abbilder von wogenden Scharen, brüllenden Mobs und würdevollen Versammlungen zu schaffen, dass man am liebsten auf die Bühne springen und sie erwürgen würde.

Es zeigt, dass Ernst und Anstrengung bloße Übung und technische Fähigkeiten mühelos in den Schatten stellen können. Es geht einem Statisten in Oberammergau nicht darum, auszugehen und sich ein Gläschen zu genehmigen, sondern dem Drama zum Erfolg zu verhelfen.

Die Gruppierungen in den Szenen des Stücks und den verschiedenen Tableaus, die jeden Akt einleiten, könnten von einem Künstler kaum besser gemacht werden. Sehr schön ist das Tableau über das Leben von Adam und Eva nach ihrer Vertreibung aus dem Paradies. Vater Adam, stämmig und sonnengebräunt, gekleidet in Schaffelle, ruht sich einen Moment vom Ackern aus, um sich den Schweiß von der Stirn zu wischen. Eva, immer noch hübsch und glücklich – obwohl sie es eigentlich nicht sein sollte – sitzt am Spinnrad und sieht den Kindern zu, die so tun, als würden sie ihrem Vater helfen. Der Chor von beiden Seiten der Bühne erläuterte uns, dies zeige den Kummer, der aus der Sünde hervorging. Auf mich wirkte Adams Familie allerdings recht zufrieden, und ich fragte mich auf meine banale, weltliche Art, ob Adam und Eva, während sie im Paradies herumsaßen und nichts zu tun hatten, als zu reden, nicht besser dran gewesen wären, wenn kleine Probleme sie einander nähergebracht hätten und ein wenig Arbeit sie davon abgehalten hätte, sich Schwierigkeiten einzuhandeln.

In dem Tableau über die Rückkehr der Kundschafter aus Kanaan sind rund vier- bis fünfhundert Männer, Frauen und Kinder äußerst effektvoll aufgestellt. Im Vordergrund sieht man die auf den Schultern zweier Männer getragenen Weintrauben, welche die Kundschafter aus dem Gelobten Land mitgebracht haben. Der Anblick dieser Weintrauben, so heißt es, habe die Kinder Israels erstaunt. Das kann ich nur zu gut verstehen; auch mich hat es erstaunt, als ich im Kindesalter ein Bild davon sah.

Die Szene mit Christus' Einzug in Jerusalem inmitten frohlockender Scharen erzeugt einen wunderbaren Eindruck von Lebendigkeit und Bewegung. Ebenso die Szene gegen Ende, die seinen letzten Weg zum Kalvarienberg zeigt. Ganz Jerusalem schien auf der Straße zu sein, um ihn vorbeigehen zu sehen und ihm zu folgen, die meisten lachend, die wenigsten traurig. Die Menschen drängen sich durch die schmalen Gassen und zwängen sich vorbei an den Speeren der römischen Wächter. Es wimmelt auf den Stufen und Balkonen eines jeden Hauses, sie versuchen, über die Köpfe der anderen hinweg einen Blick auf Christus zu erhaschen. Sie steigen einander auf die Schultern, um ihm besser zujubeln zu können. Sie rempeln respektlos ihre Priester an. Jeder einzelne Mann, jede Frau und jedes Kind spielt eine Rolle auf der Bühne und dies in vollkommener Eintracht mit allen anderen.

Zu den Hauptdarstellern – Maier als sanfter und dennoch königlicher Christus; Bürgermeister Lang als strenger, auf Rache sinnender Hohepriester; seine Tochter Rosa als Jungfrau mit hübschem Gesicht und lieblicher Stimme; Rendl als würdevoller, staatsmännischer Pilatus; Peter Rendl als geliebter Johannes mit dem reinsten und schönsten Gesicht, das ich je bei einem Mann gesehen habe; der alte Peter Hett als zerlumpter, liebender, schwacher Freund Petrus; Rutz als Chorleiter (kein einträglicher Posten); und Amalie Deschler als Magdalena – es wäre schwierig, sie zu sehr zu loben. Sie sind nur Bauern …

Da sind schon wieder die beiden Frauen, die an unserer Tür lauschen, ich weiß es genau!«, rufe ich, unterbreche meinen Vortrag und achte auf die Geräusche aus dem Zimmer nebenan. »Wenn sie doch nur nach unten gehen würden. Ich verliere langsam die Nerven.«

»Oh, ich glaube nicht, dass wir uns Sorgen machen müssen«, antwortet B. »Sie sind beide ziemlich alte Damen. Ich habe sie gestern auf der Treppe getroffen. Sie sind gewiss ganz harmlos.«

»Na, ich weiß nicht«, erwidere ich. »Wir sind ganz allein, nicht wahr. Fast jeder Dorfbewohner ist im Theater. Hätten wir doch nur einen Hund.«

Aber B. beruhigt mich, und ich fahre fort: »Sie sind nur Bauern«, wiederhole ich, »und dennoch stellen sie einige der bedeutendsten Figuren der Weltgeschichte mit einer so schlichten Würde und großartigen Haltung dar, wie man es von echten Persönlichkeiten erwarten würde. Diese Bergbewohner müssen eine natürliche, angeborene Vornehmheit besitzen. Sie könnten sonst ihre Rollen nie im Stil eines *grand seigneur* ausfüllen.

Die einzige schlecht gespielte Rolle war die des Judas. Judas ist eigentlich die wichtigste Rolle im Stück, was die Darstellung betrifft. Doch der Durchschnittsbürger, der sich darin versuchte, schien von der Art und den Methoden böser Menschen keine Ahnung zu haben. Nichts an ihm schien ausreichend mit dem Bösen zu sympathisieren, um ihn zu befähigen, die Rolle zu verstehen und auszufüllen. Seine amateurhaften Versuche, wie ein Schurke auszusehen, gingen mir gegen den Strich. Es mag überheblich klingen, doch ich bin mir sicher, dass ich selbst ein viel wahrhaftigeres Bild von einem Schuft hätte liefern können.

Du liebe Güte, flüsterte ich immer wieder, er macht alles falsch. Ein vollendeter Schurke würde das nie so machen. Er würde dies und jenes tun, er würde so sprechen und so aussehen und wie der andere spielen. Ich weiß es. Das sagt mir mein Instinkt.

Der Schauspieler war offenkundig nicht einmal mit den Grundzügen des Schurkentums vertraut. Ich wollte aufstehen und ihn darin unterweisen. Ich spürte, es gab da kleine Finessen des Lumpentums, kleine Kunstgriffe des Kriminellen, die ich dem Mann hätte beibringen können, sodass sein Judas sich von einem hölzernen in einen lebendigen verwandelt hätte. Da aber offenbar niemand im Dorf hinreichend verbrecherisch veranlagt war, um ihm ein Beispiel zu geben, blieb seine Darstellung mangelhaft, und Judas wurde eher zu einer Lachnummer als zu einer Schreckensfigur.

Mit dieser Ausnahme schien die ganze Truppe vom Maier bis zum Esel in ihre Rollen zu passen wie Noten in die Melodie eines Meisters. Man möchte meinen, dass am Ufer der Ammer Schauspieler auf Bäumen wachsen.«

»Echte Schauspieler, allesamt«, murmelt B. begeistert, »das ganze Dorf. Und sie leben alle glücklich beisammen in einem kleinen Tal und versuchen nie, einander zu meucheln. Es ist wunderbar!«

An dieser Stelle hören wir ein heftiges Klopfen an der Tür, die das Zimmer der zuvor erwähnten Damen von unserem trennt. Wir erschrecken beide, erbleichen und wechseln dann einen Blick. B. erlangt als Erster seine Fassung zurück. Nachdem er mit Mühe alle Spuren von Nervosität aus seiner Stimme getilgt hat, ruft er in einem wunderbar ruhigen Ton: »Ja, was gibt's?«

»Sind Sie im Bett?«, ertönt eine Stimme hinter der Tür.

»Ja«, antwortet B., »wieso?«

»Oh! Entschuldigen Sie die Störung, aber wir wären Ihnen sehr dankbar, wenn Sie aufstehen würden. Wir können nicht nach unten, ohne Ihr Zimmer zu durchqueren. Das ist die einzige Tür. Wir warten hier schon seit zwei Stunden, und unser Zug geht um drei.«

Sapperlot! Also darum haben die armen alten Seelen hinter der Tür gelauert und uns eine Höllenangst eingejagt.

»In Ordnung, wir sind in fünf Minuten weg. Es tut uns sehr leid. Warum haben Sie nicht früher gerufen?«

Freitag, der 30., oder Samstag, ich bin mir nicht sicher

Sorgen eines Reiseveranstalters – Seine Ansichten über Touristen – Die englische Frau im Ausland – Und zu Hause – Die hässlichste Kathedrale Europas – Alte Meister und neue – Speis-und-Trank-Bilder – Die deutsche Musikkapelle – Ein Biergarten – Eine Frau, die niemandem den Kopf verdreht – Wie schwierig es ist, bei Musik zu speisen – Warum man seinen Bierkrug geschlossen halten sollte

Ich persönlich glaube, es ist Samstag. B. sagt, es sei erst Freitag, doch ich weiß genau, dass ich drei kalte Bäder hatte, seit wir am Mittwochmorgen Oberammergau verlassen haben. Ist es erst Freitag, habe ich mich an einem Morgen zweimal gewaschen. Egal, am nächsten Tag wissen wir mehr, dann haben die Läden entweder geöffnet oder geschlossen.

Ab Oberau reisten wir in Gesellschaft eines Reiseveranstalters, der uns von all seinen Sorgen erzählte. Offenbar ist ein Reiseveranstalter ein ganz normaler Mensch und hat Gefühle genau wie wir. Dies wurde mir zum ersten Mal bewusst. Ich sagte ihm das.

»Nein«, erwiderte er, »auf die Idee kommt ihr Touristen nie. Ihr behandelt uns wie die Vorsehung oder die Regierung. Geht alles gut, fragt ihr verächtlich, wofür wir eigentlich da sind. Geht etwas schief, fragt ihr empört, wofür wir eigentlich da sind. Ich arbeite sechzehn Stunden am Tag, damit ihr es schön bequem habt, und ihr könnt nicht einmal zufrieden dreinschauen. Hat aber ein Zug Verspätung oder ist die Hotelrechnung überteuert, peinigt ihr uns deswegen. Kümmere ich mich um euch, murmelt ihr, ich sei aufdringlich, lasse ich euch allein, murrt ihr, ich sei nachlässig. Ihr stürmt ein winziges Dorf wie Oberammergau zu Hunderten, ohne uns zu benachrichtigen, dass ihr kommt, und dann droht ihr, der *Times* zu schreiben, weil nicht für jeden von euch ein Hotelzimmer und ein warmes Abendessen bereitsteht.

Ihr wollt die beste Unterkunft vor Ort, und nachdem wir sie für euch unter gewaltigen Mühen aufgetrieben haben, weigert ihr euch, den veranschlagten Preis dafür zu zahlen. Ihr alle gebt euch als inkognito reisende Herzöge und Herzoginnen aus. Keiner von euch hat je von einem Zugabteil zweiter Klasse gehört – ihr wisst nicht einmal, dass derlei überhaupt existiert. Jedes Paar möchte eine Reservierung für einen Pullman-Wagen erster Klasse. Einige von euch sehen aus der Ferne einen Omnibus und fragen sich, zu was er eigentlich nütze ist. Euch vorzuschlagen, in solch einem plebejischen Fahrzeug zu reisen, würde euch dermaßen schockieren, dass ihr euch zwei Tage erholen müsstet. Ihr erwartet einen Privatwagen mit Leibdiener in Livree, um euch über die Berge zu bringen. Ihr, jeder einzelne von euch, müsst die teuersten Plätze im Theater haben. Die Plätze für acht und sechs Mark sind ebensogut wie die für zehn, von denen es nur eine begrenzte Anzahl gibt. Doch ihr seid furchtbar entrüstet, wenn man auch nur andeutet, dass ihr irgendwo anders als auf den teuersten Plätzen sitzen sollt. Wären die Dörfler nur schlau genug, euch zehn Mark für die Plätze um acht Mark zu berechnen, wärt ihr glücklich. Aber das tun sie nicht.«

Ich muss offen zugeben, dass die Menschen englischer Zunge, die man auf dem Kontinent trifft, im Großen und Ganzen eine äußerst lästige Schar bilden. Auf dem Kontinent hört man kaum ein Wort Englisch, das nicht mit Gemurre und höhnischen Kommentaren einhergeht.

Die Frauen sind am schlimmsten. Ausländer bekommen zweifellos die kümmerlichsten Exemplare des weiblichen Geschlechts zu Gesicht, die wir Angelsachsen aufzubieten haben. Die durchschnittliche englische oder amerikanische Touristin ist ungehobelt und eingebildet, zugleich aber lächerlich hilflos und tölpelhaft. Sie ist überaus egoistisch und nimmt auf niemanden Rücksicht. Sie beschwert sich immerzu und ist selbst hoffnungslos uninteressant. Im Omnibus von Oberammergau fuhren wir mit drei vollendeten Exemplaren dieser Gattung, begleitet von einem Mann mit der üblichen Leidensmiene, dem die ganze Lebenskraft aus dem Leib gequasselt wurde. Sie murrten auf der ganzen Strecke, weil man sie in einen Omnibus gesetzt hatte. Es schien, als wären sie noch nie derart beleidigt worden, und sie achteten darauf, dass jeder im Bus erfuhr, dass sie Fahrkarten erster Klasse hatten und zu Hause ihre eigene Kutsche besaßen. Sie waren zudem schrecklich empört, weil die Hausbewohner ihrer Unterkunft ihnen zum Abschied die Hand hatten geben wollen. Sie seien nicht nach Oberammergau gekommen, um von deutschen Bauern vertraulich behandelt zu werden, sagten sie.

Auf Erden gibt es viele Frauen, die in jeder Hinsicht besser sind als Engel. Sie sind sanft und anmutig, großzügig und freundlich, selbstlos und gütig, trotz der Versuchungen und Prüfungen, denen echte Engel nie ausgesetzt sind. Und es gibt ebensoviele Frauen auf Erden, die unter dem Gewand und nicht selten auch unter dem Titel einer Lady das Herz eines schlecht erzogenen Snobs tragen. Da es ihnen an natürlicher Würde mangelt, ersetzen sie diese durch Arroganz. Sie halten lautes Gepolter für Selbstbeherrschung und hochmütige Grobheit für ein Zeichen der Überlegenheit. Sie ermuntern einander zu blasierter Dummheit und glauben, ihre Pose beweise aristokratische Gemütsruhe. Ihre »Haltung« haben sie von den Seiten des *London Journal*, ihre Koketterie von Bardamen abgeschaut – ich meine die gewöhnlichere Sorte Bardamen; ihr Witz stammt aus Bühnenpossen und ihr Benehmen wurde in Hinterzimmern geschult. Höherstehenden übermäßig zu schmeicheln und jeden schäbig zu beleidigen, den sie für tieferstehend halten, das ist ihre Vorstellung davon, wie man seinen gesellschaftlichen Rang, welchen auch immer, behält und zu einem höheren aufsteigt. Und grobe Rücksichtslosigkeit gegenüber den Rechten und Gefühlen aller anderen ist ihrer Meinung nach das Kennzeichen vornehmer Abstammung.

Es sind die Frauen, die man bei Ausstellungen sieht, wo sie sich an allen anderen vorbeidrängen, vor das Bild stellen, an das niemand mehr herankommt, und mit schriller Stimme ihre dummen Bemerkungen herausbrüllen, die sie offenkundig für brillante Seitenhiebe halten; die Frauen, die in den Theaterlogen während der ganzen Vorstellung laut reden, und die, nachdem sie es bis zur Mitte des ersten Akts geschafft haben, so viel Wirbel wie möglich veranstalten und auf ihren Sitzplätzen lümmeln, um dann ostentativ vor dem Ende des Stücks aufzustehen und hinauszugehen; die Frauen, die bei einer Abendgesellschaft oder »Hausparty« – jenem ödesten und absolut belanglosesten gesellschaftlichen

Anlass überhaupt – (Sie kennen doch das Rezept für »Hauspartys«? Man nehme fünfhundert Personen, von denen zwei Drittel einander nicht kennen und das restliche Drittel einander von Herzen verabscheut, zwänge sie an einem heißen Tag in ein Zimmer mit Platz für vierzig, wo sie einander ein paar Stunden mit Salonphilosophie und Skandalen aus zweiter Hand zu Tode langweilen; dann reiche man ihnen eine Tasse dünnen Tee und ein Stück krümeligen Kuchen, ohne Teller, auf dem man ihn essen könnte; oder, falls sie abends stattfindet, ein Glas Champagner von der Sorte Du-wirst-eine-Woche-daran-denken-dass-du-ihn-getrunken-hast und ein Schinkensandwich, und setze sie hernach wieder auf die Straße) – nichts anderes tun, als über alle anderen, deren Namen und Adressen sie zufällig kennen, abfällige Bemerkungen zu machen; die Frauen, die sich im Bus (denn die moderne Dame ist in ihrer Heimat erstaunlich sparsam und geschäftstüchtig) auf ihrem Sitz breitmacht, die Nase rümpft, wenn eine müde kleine Putzmacherin einsteigt, und das arme Mädchen mit seinem Bündel eine Stunde lang stehenlässt, anstatt ihm Platz zu machen – die Frauen, die sich in Leserbriefen darüber beschweren, dass es keine Ritterlichkeit mehr gibt!

B., der mir wie die Frau eines Erzählers im letzten Kapitel einer *Family-Herald*-Geschichte über die Schulter geschaut hat, während ich das alles schrieb (stellen Sie sich einen Mann vor, der über sein Leben und seine Abenteuer in jungen Jahren schreiben soll, während ihm seine Frau ständig über die Schulter schaut! Kein Wunder, dass in solchen Geschichten nichts passiert), sagt, ich hätte zu viel Sauerkraut und Weißwein genossen.

Doch wenn irgendetwas vorübergehend die tiefverwurzelte Liebe, die ich grundsätzlich für alle Männer und Frauen hege, untergraben haben mag, so sind dies Kirchen und Gemäldegalerien gewesen.

Seit unserer Rückkehr nach München haben wir bis zum Überdruss Kirchen und Gemälde besichtigt. Zu Hause werde ich in den nächsten Monaten nicht öfter als zweimal pro Sonntag in die Kirche gehen.

Die Münchner prahlen damit, dass ihr Dom der hässlichste in Europa ist. Bei näherer Betrachtung neige ich dazu, die Ansicht zu teilen. Falls es einen hässlicheren gibt, hoffe ich jedenfalls, dass ich mich gesund und kräftig genug fühle, wenn ich seiner ansichtig werde.

Von Gemälden und Statuen habe ich die Nase gründlich voll. Der größte lebende Kunstkritiker könnte Gemälde und Statuen gerade nicht mehr hassen als ich. Wir begannen damit, dass wir in jeder Galerie einen ganzen Vormittag verbrachten. Wir beäugten jedes Bild kritisch und diskutierten über »Form« und »Farbe« und »Stil« und »Perspektive« und »Struktur« und »Atmosphäre«. Für gewöhnlich nannte ich es flach, und B. meinte, der Künstler habe sich verzeichnet. Ein Fremder, der uns belauscht hätte, wäre auf die Idee gekommen, wir verstünden etwas von Malerei. Wir standen zehn Minuten vor einer Leinwand, saugten sie förmlich auf. Wir gingen darum herum, um sie bei günstigem Licht sehen und die Absicht des Künstlers besser verstehen zu können. Wir wichen davor zurück, trampelten unseren Hintermännern auf die Zehen, bis wir den richtigen »Abstand« gefunden hatten, um uns dann hinzusetzen, unsere Augen abzuschirmen und sie aus der Ferne zu kritisieren. Dann gingen wir darauf zu, drückten unsere Nasen dagegen und untersuchten die Kunstfertigkeit im Detail.

In dieser Manier betrachteten wir Gemälde in den frühen Phasen unserer Münchner Kunststudien. Nun verwenden wir Gemäldegalerien, um darin Sport zu treiben. Heute Morgen schaffte ich die hundert Meter durch das alte Pantechnicon in zweiundzwanzigeinhalb Sekunden, was meiner Ansicht nach ziemlich anständig ist für jemanden, der nur geht. B. brauchte für dieselbe Strecke eine Fünf-Achtel-Sekunde länger; allerdings trödelte er, um sich einen Raffael anzusehen.

Ich sollte erklären, warum wir das, was die Münchner lieber Pinakothek nennen, für unsere Zwecke »Pantechnicon« getauft haben. Pinakothek konnten wir nie richtig aussprechen. Wir nannten sie »Pynniosec«, »Pintactet« und »Happy Tack«. B. nannte sie eines Tages nach dem Essen »Penny Cock«, deshalb bekamen wir es beide mit der Angst zu tun und einigten uns auf einen vernünftigen, praktischen Namen, bevor ein Unheil geschah. Schließlich entschieden wir uns für »Pantechnicon«, was mit P. beginnt und ein ehrwürdiger, altbekannter Name ist und einer, den wir beide aussprechen können. Er ist fast so lang und beinahe ebenso schwierig auszusprechen wie der andere und klingt zudem recht gemütlich. Es schien genau das richtige Wort zu sein.

Das alte Pantechnicon widmet sich den Werken alter Meister. Über diese werde ich nichts weiter sagen, da ich die kritische Meinung, die Europa sich bereits von ihnen gebildet hat, keinesfalls umkrempeln will. Mir ist es lieber, wenn die Kunstakademien dieser Welt in dieser Sache urteilen. Ich möchte hier nur demütig anmerken, dass ich einige der Bilder für wunderschön hielt, während andere mir nicht gefielen.

Was mich an der Ausstellung am meisten erstaunte, waren die vielen Gemälde, die sich mit Speis und Trank beschäftigen. Fünfundzwanzig Prozent der Bilder schienen für jemandes selbstgezüchtete Samen zu werben oder als farbige Beilagen für die Sommerausgabe des in der jeweiligen Epoche führenden Gärtnermagazins zu dienen.

»Was mag die alten Kerle dazu getrieben haben, dermaßen uninteressante Themen zu wählen?«, fragte ich B. »Wer um Himmels willen schert sich um das lebensgroße Porträt eines Kohlkopfs oder ein Scheffel Bohnen oder diese zweifellos meisterhaften Darstellungen eines Bratenstücks mit Brot und Gemüse? Schau dir Nr. 7063 an, *Blick in einen Metzgerladen*, sechzig mal vierzig Fuß groß. Der Maler muss jahrelang daran gearbeitet haben. Wem wollte er es verkaufen? Und diese Weihnachtsfresskorbszene drüben in der Ecke. Glaubst du, die hat irgendein armer, halbverhungerter Teufel gemalt, der gern etwas zum Essen im Haus gehabt hätte, und sei es nur ein Bild davon?«

B. sagte, seiner Meinung nach seien die alten Kunstmäzene Herren gewesen, die sehr genau gewusst hätten, was sich schickt. »Für ihre Kirchen und Kathedralen«, sagte B., »ließen sie all die Jungfrauen und Märtyrer und überfressenen Engel malen, die man überall in Europa sieht. Für ihre Schlafzimmer bestellten sie jene … nun, jene Schlafzimmerbilder, die du vielleicht hier und da bemerkt hast. Und so vermute ich, dass sie diese Speis-und-Trank-Bilder für ihre Festhallen verwendeten. Der Anblick von all dem Essen war wohl so etwas wie ein Magenbitter.«

Im neuen Pantechnicon wird die moderne Kunst Deutschlands ausgestellt. Sie kam mir außerordentlich armselig vor. Sie schien der Kunstrichtung »Weihnachtskalender« zuzugehören. Es waren eigentlich gute, vernünftige, ansehnliche Werke. Sie hatten reichlich Farbe, und man konnte erkennen, was sie darstellen sollten. Doch es schien überall an Fantasie, Individualität und Ideen zu mangeln. Jedes Bild sah aus, als hätte es jeder malen können, der ein paar Jahre Kunst studiert und praktiziert hat und kein vollkommener Trottel ist. Das ist zumindest meine Meinung. Und da ich überhaupt keine Ahnung von Kunst habe, spreche ich ohne Vorurteile.

Eines habe ich in München sehr genossen, und das war die Musik. Die deutsche Blaskapelle, die man auf einem Platz in London hört, während man versucht, einen Essay über die zivilisierende Wirkung von Musik zu schreiben, unterscheidet sich von der, die man in Deutschland hört. Die deutschen Kapellen, die nach London kommen, sind aus Deutschland geflohen, um ihr Leben zu retten. In Deutschland würden solche Musikanten auf Staatskosten geschlachtet und zu Würstchen für die Armen verarbeitet. Die Musikkapellen, die Deutschland für sich behält, sind wunderbar.

München hat vor allen anderen Städten im nunmehr vereinten Vaterland den Ruf, die besten Marschkapellen zu haben, und die Bürger dürfen sie nicht nur finanzieren, sondern ihnen auch zuhören. Zwei- oder dreimal am Tag spielt die eine oder andere an verschiedenen Plätzen in der Stadt pro bono publico, und abends werden sie von der Regierung an die Betreiber der großen Biergärten ausgeliehen.

»Schmiss« und Schmettern sind die wichtigsten Kennzeichen ihres Stils. Doch wenn nötig, können sie ihren zerbeulten, abgenutzten, seit Gründung des Regiments von einem Musiker an den nächsten weitervererbten Trompeten solch sanfte und volle und klare Töne entlocken, wie sie sonst nur die Saiten einer alten Violine hergeben.

Die deutsche Musikkapelle in Deutschland muss ihre Kunst beherrschen, damit ein deutsches Publikum ihr lauscht. Der bayrische Handwerker oder Ladenbesitzer versteht und schätzt gute Musik, wie er gutes Bier schätzt und versteht. Man kann ihm nichts Minderwertiges unterjubeln. Münchner Konzertbesucher sind sehr kritisch, wenn es um die Interpretation ihres geliebten Wagner geht, und mit Mozarts und Haydns Häppchen, die sie gern mit Würsten und Salat konsumieren, und denen sie donnernden Applaus spenden, wenn sie zu ihrer Zufriedenheit gespielt wurden, darf man sich keine Freiheiten erlauben, es sei denn diese Freiheiten sind gut begründet.

Wer das deutsche Volk kennenlernen will wie seine Kirchen und Burgen, sollte einen Biergarten besuchen. Dort versammeln sich abends Arbeiter jeder Art. Der Kaufmann mit Frau und Familie kommt nach den Mühen des Tages hierher, der junge Angestellte mit seiner Verlobten und – ihrer Mutter, träge und kerngesund –, der Soldat mit seiner Liebsten, die Studenten zu zweit und zu dritt, die kleine Fabrikarbeiterin mit ihrer Cousine, der Ladenschwengel und der Handwerker.

Hier kommen Philemon und Baucis, teilen sich einen Krug Bier und denken an ihre Kinder – an die kleine Lisa, die den klugen Karl geheiratet hat, der sich in ein fernes Land jenseits des Meeres durchschlägt; an die lachende Elsie, die in Hamburg wohnt und jetzt selbst Kinder hat; an den blonden Franz, Mutters Liebling, der im sonnigen Frankreich fiel, wo er für sein Vaterland kämpfte. Am Tisch nebenan sitzt eine rotwangige, glückliche, kleine Maid, die eben einen zweifellos vielversprechenden, aber gegenwärtig etwas tölpelhaft aussehenden Jüngling vor lebenslangem Unglück bewahrt hat, wenn nicht gar vor Wahnsinn und Selbstmord (das ist garantiert die Alternative, die er ihr aufgetischt hat), indem sie sich dazu herabließ, ihm das plumpe Händchen zu reichen, das er, der sich unbeobachtet wähnt, unter dem Tischtuch so fest umklammert. Gegenüber diskutiert eine Familie bei Omeletts und einer Flasche Weißwein. Der Vater, zufrieden, gutgelaunt und lachend; das Kleinkind ernst und feierlich, tüchtig essend und trinkend; die Mutter lächelt beide an, vergisst aber nicht zu essen.

Diese deutschen Frauen würde man wohl ins Herz schließen, wenn man lang unter ihnen lebte. Sie haben etwas so Liebliches, Frauliches und Herzliches an sich. Von ihren strahlenden, fröhlichen Gesichtern scheint eine gesunde Wirkung auszugehen, die alles verheißt, was gemütlich, schlicht und gut ist. Begegnet man ihrem stillen, festen Blick, träumt man von weißen, gefalteten Laken in großen Wäscheschränken; von lieblich duftenden Kräutern; von schmackhaften und köstlichen Gerichten, die für den Mittagstisch zubereitet werden; von glänzend polierten Möbeln; vom Getrappel kleiner Füße; von hohen Stimmchen, die dumme Fragen stellen; von leisen Gesprächen bei Lampenlicht im Wohnzimmer, nachdem die Kinder zu Bett gegangen sind,

Gesprächen über wichtige Fragen der Hauswirtschaft und Familienangelegenheiten, während lange Strümpfe gestopft werden.

Sie sind nicht die Art Frauen, die einem Mann den Kopf verdrehen, sondern die Art Frauen, die eines Mannes Herz erobern – anfangs sehr sanft, sodass er kaum merkt, dass sie es berührt haben, dann mit weichen Ranken, die sich im Lauf der Jahre immer enger darum herumwinden und ihn immer näher zu sich heranziehen – bis die Illusionen und heißen Leidenschaften seiner Jugend eine nach der anderen verblassen, die schlichte, gemütliche Gestalt seine Tage immer mehr erfüllt – bis sie für ihn allmählich den gesamten besseren, beständigeren Teil des Lebens bildet – bis er spürt, dass die starke, sanfte Mütterlichkeit, die ihn so lang begleitet hat, fest mit seinem Wesen verschmolzen ist und die beiden schließlich ein vollständiges Ganzes bilden.

Vorgestern aßen wir im Biergarten zu Abend. Wir dachten, es wäre angenehm, zur Musik zu essen und zu trinken, doch wir stellten fest, dass dies nicht der Fall war. Um bei Musikbegleitung erfolgreich zu speisen, braucht man eine sehr gute Verdauung – besonders in Bayern.

Eine Kapelle, die in einem Münchner Biergarten aufspielt, lässt sich nicht ignorieren. Die Mitglieder einer Münchner Blaskapelle sind große Kerle mit breiter Brust und drücken sich nicht vor Arbeit. Sie reden nicht viel, und sie pfeifen nie: Sie sparen ihren ganzen Atem für ihre Pflichten auf. Sie blasen nicht so stark, wie sie können, weil sie fürchten, ihre Instrumente könnten platzen. Doch wie viel Druck pro Quadratzoll die jeweilige Trompete, das Kornett oder die Posaune auch aushalten mag, ohne dauerhaft Schaden zu nehmen (und es sind einigermaßen intakte und lang genutzte Geräte), so viel Druck übt der gewissenhafte deutsche Musikant auf jeden Quadratzoll der jeweiligen Trompete, des Kornetts oder der Posaune aus.

Steht man weniger als eine Meile von einer Münchner Blaskapelle entfernt und ist nicht stocktaub, hört man zu und denkt an nicht viel anderes. Sie fesselt die Aufmerksamkeit allein mittels Lautstärke, sie beherrscht alles allein durch ihre Kraft. Der Verstand muss ihr folgen, so wie die Füße der kleinen Kinder der Melodie des Rattenfängers von Hameln gefolgt sind. Was man auch tut, man muss es im Takt der Musik tun.

Wir aßen unsere Suppe zu einem langsamen Walzer, was dazu führte, dass jeder Löffel kalt war, bevor wir ihn zum Mund geführt hatten. Gerade als der Fisch serviert wurde, spielte die Kapelle eine schnelle Polka, weshalb wir nicht die Zeit fanden, ihn von den Gräten zu befreien. Wir kippten Weißwein zum »Grobschmied-Galopp«, und hätte das Stück noch länger gedauert, wären wir beide danach sturzbesoffen gewesen. Als unsere Steaks kamen, begann die Kapelle ein Wagner-Medley zu spielen.

Ich kenne keinen modernen europäischen Komponisten, zu dem Beefsteak essen so schwierig ist wie zu Wagner. Dass wir nicht erstickten, ist ein Wunder. Wagners Orchestrierung zu folgen, ist ungemein anspruchsvoll. An Senf war gar nicht zu denken. B. wollte ein Stück Brot zu seinem Steak essen und kam heillos aus dem Takt. Während des »Walkürenritts« war ich wohl ein bisschen lahm. Mein Steak war nicht gut durchgebraten, und ich konnte es nicht schnell genug verputzen.

Nachdem wir das zähe Beefsteak zu Wagner hinter uns hatten, war es vergleichsweise einfach, zur Gartenmusik aus *Faust* Kartoffelsalat zu mampfen. Ein-, zweimal blieb uns bei einem sehr hohen Ton ein Stückchen im Hals stecken, doch im Großen und Ganzen war unsere Interpretation ziemlich künstlerisch.

Wir naschten Pfannkuchen zu einer Symphonie in G – oder F oder K, ich weiß nicht genau, welcher Buchstabe, aber er gehörte zum Alphabet – und verschlangen unseren Käse zur Ballettmusik aus *Carmen*. Danach rollten wir zu allen Nationalhymnen Europas schmerzgeplagt über den Boden.

Falls Sie je eine deutsche Bierhalle oder einen Biergarten besuchen – um Charakterstudien zu betreiben oder dergleichen –, achten Sie darauf, den Deckel Ihres Krugs fest verschlossen zu halten, nachdem Sie Ihr Bier getrunken haben. Lassen Sie den Deckel offen, wird dies als Zeichen verstanden, dass Sie mehr Bier wollen, und das Mädchen schnappt sich den Krug und bringt ihn frisch gefüllt zurück.

B. und ich hatten in einer milden Nacht beinahe Unannehmlichkeiten, weil wir diesen Brauch nicht kannten. Jedes Mal, nachdem wir ausgetrunken hatten, ließen wir den Krug mit offenem Deckel stehen, weshalb er jedes Mal mitgenommen und randvoll zurückgebracht wurde. Nach der sechsten Runde zirka protestierten wir sanft.

»Mein gutes Mädchen, das ist sehr freundlich von Ihnen,«, sagte B., »aber ich glaube, wir können nicht mehr. Wir sollten wohl auch nicht. Sie dürfen nicht so weitermachen. Wir trinken diesen einen, den Sie mitgebracht haben, aber ich muss wirklich darauf bestehen, dass es der letzte ist.«

Ungefähr nach der zehnten Runde beschwerten wir uns etwas nachdrücklicher.

»Also, Sie wissen, was ich Ihnen vier Maß zuvor gesagt habe!«, rief B. streng. »Das kann nicht ewig so weitergehen. Es wird ernste Folgen haben. Wir sind nicht an die deutschen Trinksitten gewöhnt, wir sind nur Ausländer. Bei uns zu Hause gelten wir als ziemlich trinkfeste Kerle, und wir haben zum Ruhme Englands unser Bestes gegeben. Doch jetzt muss es ein Ende haben. Ich weigere mich einfach, mehr zu trinken. Nein, drängen Sie mich nicht. Auch keine Halbe!«

»Aber Sie beide haben die Deckel Ihrer Krüge geöffnet«, erwidert das Mädchen gekränkt.

»Was macht es für einen Unterschied, ob die Deckel unserer Krüge geöffnet sind?«, fragt B. »Können wir die Deckel nicht nach Belieben offenlassen?«

»Ah, ja«, erklärt sie feierlich, »aber dann gehe ich davon aus, dass Sie mehr Bier wollen. Die Herren lassen immer ihre Krüge offen, wenn ich nachschenken soll.«

Von da an hielten wir unsere Krüge geschlossen.

Montag, 9. Juni

Ein langes Kapitel, aber glücklicherweise das letzte – Des Pilgers Heimkehr – Eine verlassene Stadt – Heidelberg – Das gemeine Bettlaken oder ein Leintuch als Handtuch betrachtet – B. ringt mit dem europäischen Fahrplan – Ein unaufspürbarer Zug – Ein Spurt – Züge, die von Nirgendwo abfahren – Züge, die nirgendwo ankommen – Züge, die gar nichts tun – B. dreht durch – Zugreisen in Deutschland – B. wird verhaftet – Seine Kraft – Vorteile der Unwissenheit – Erste Eindrücke von Deutschland und den Deutschen

Wir sind in Ostende. Unsere Pilgerfahrt ist zu Ende. In drei Stunden segeln wir nach Dover. Der Wind wirkt ziemlich frisch, doch es heißt, er werde gegen Abend nachlassen. Ich hoffe, dass die Vorhersage zutrifft.

Von Ostende sind wir enttäuscht. Wir dachten, Ostende wäre fröhlich und voll. Wir dachten, in Ostende gäbe es Musikkapellen und Theater und Konzerte und besetzte *tables d'hôtes* und belebte Strände und Promenaden voller Flaneure und hübscher Mädchen.

In Brüssel habe ich einen Spazierstock und ein neues Paar Stiefel für Ostende gekauft.

Außer uns scheint es an diesem Ort keinen lebenden Besucher zu geben – auch keinen toten. Die Läden sind verriegelt, die Häuser verlassen, das Casino geschlossen. An den Hotels sieht man Hinweistafeln, die verkünden, dass die Polizei strikte Anweisung hat, jeden zu verhaften, der das Gebäude betritt oder beschädigt.

Wir entdeckten ein Restaurant, das weniger einer Leichenhalle glich als andere Restaurants in der Stadt, und läuteten an der Tür. Nachdem wir eine Viertelstunde gewartet hatten, öffnete eine alte Frau und fragte, was wir wollten. Wir sagten, Steak mit Pommes für zwei und ein paar Bier. Sie fragte, ob wir in vierzehn Tagen wiederkommen könnten, wenn die Familie zu Hause sei? Sie wisse nicht, wo man die Sachen lagere.

Heute Morgen gingen wir zum Strand. Wir waren kaum mehr als eine halbe Stunde auf und ab spaziert, da stießen wir auf einen deutlichen Fußabdruck. Jemand musste am selben Tag hier gewesen sein! Wir waren ziemlich beunruhigt. Wir konnten uns nicht vorstellen, wie er hergekommen war. Das Wetter war zu gut für Schiffbruch, und es war kein Küstenabschnitt, an dem ein durchreisender Händler landen würde. Und wenn doch, wo war er dann? Wir haben keine Spur von ihm finden können. Bis jetzt haben wir nicht herausgefunden, wer unser seltsamer Besucher gewesen ist.

Es ist ein großes Rätsel, und ich bin froh, dass wir weiterreisen.

Seit wir München verlassen haben, sind wir ziemlich herumgekommen. Als erstes besuchten wir Heidelberg. Wir kamen frühmorgens dort an, nachdem wir die ganze Nacht im Zug verbracht hatten, und das Erste, was der Hotelier im Royal bei unserem Anblick vorschlug, war ein Bad. Wir gingen beide darauf ein und wurden in ein kleines, marmornes Badezimmer geführt, in dem ich mich fühlte wie ein Detail auf einem Gemälde von Alma-Tadema.[9]

Das Bad war sehr erfrischend. Doch ich hätte das alles viel mehr genossen, hätte man mir zum Abtrocknen etwas Angemesseneres gegeben als ein dünnes Leintuch. Die Deutschen haben eigenartige Vorstellungen von den

Nöten und Bedürfnissen eines nassen Mannes. Wenn sie sich gelegentlich selber waschen und baden würden, dann würden sie vielleicht praktischere Konzepte zu diesem Thema ersinnen. In Notfällen habe ich mich mit Leintüchern abgetrocknet, ebenso mit Socken, doch niemand dürfte daran zweifeln, dass ein Handtuch zu diesem Zweck besser geeignet ist. Wer sich mit einem Leintuch abtrocknet, braucht besondere Übung und außergewöhnliche Körperbeherrschung. Ein indisches Tanzmädchen oder ein tanzender Derwisch würden das mit Bravour meistern. Sie würden das Leintuch anmutig über den Kopf schwingen, es mühelos über den Rücken ziehen, es in wogenden Falten um die Beine schlingen, sich einen Moment in sein wirbelndes Gewirr hüllen und dann leichtfüßig, trocken und lächelnd daraus hervorhüpfen.

Doch der tropfnasse, ungeübte Brite versucht erst gar nicht, sich auf diese Weise mit einem Leintuch abzutrocknen. Seine Methode besteht darin, das Tuch mit beiden Händen zu packen, sich gegen die Wand zu lehnen und damit abzurubbeln. Beim Versuch, sich das Ding um den Rücken zu wickeln, taucht er das halbe Leintuch ins Wasser, und von diesem Augenblick an ist das Badezimmer nicht groß genug, dass er vor der nassen Hälfte auch nur einen Moment lang sicher ist. Wischt er sich vorn mit der trockenen Hälfte ab, legt sich die nasse Hälfte um ihn herum und klopft ihm im Geiste aufdringlicher Vertraulichkeit auf den Rücken. Bückt er sich, um sich die Füße abzureiben, schlingt sie sich überglücklich um seinen Kopf, und sein Gesicht ist schwarz, ehe er sich aus der Umarmung befreien kann. Wenn er nichts dergleichen erwartet, fliegt sie herum und schnalzt ihn neckisch an einem besonders empfindlichen Körperteil, sodass er mit einem Aufschrei zehn Fuß hoch in die Luft springt. Den allergrößten Spaß macht sich das Leintuch aber daraus, ihn zu Fall zu bringen, wann immer er versucht, sich zu bewegen, um zu hören, was er zu sagen hat, wenn er unvermittelt auf dem Kachelboden landet. Und wenn es ihn dann wieder in die Wanne werfen kann, nachdem er sich gerade erst abgetrocknet hat, findet es, dass das Leben letztlich doch lebenswert ist.

Wir verbrachten zwei Tage in Heidelberg, erklommen die bewaldeten Berge, die rund um dieses freundliche Städtchen zu finden sind und von ihren von Restaurants oder Ruinen gekrönten Gipfeln bezaubernde, weite Aussichten auf Landschaften bieten, durch die sich mit manch einer Biegung und Schleife der ferne Rhein und der nähere Neckar winden. Oder wir schlenderten zwischen den verfallenen Mauern und Bögen des großartigen, geschichtsträchtigen Wracks, das einst das edelste Schloss in ganz Deutschland gewesen ist.

Ehrfürchtig staunend standen wir vor dem großen Fass, der interessantesten Sehenswürdigkeit in Heidelberg. Was am Anblick eines großen Bierfasses so interessant ist, lässt sich in ruhigeren Momenten nicht so leicht nachvollziehen. Doch der Reiseführer meint, man müsse es gesehen haben, also gehen wir wie alle Touristen hin und stehen Schlange, um es anzugaffen. Wir sind eine schafsköpfige Bande. Falls der Reiseführer das Kolosseum wegen eines Druckfehlers unerwähnt ließe, würden wir einen Monat in Rom verbringen und nicht einmal über die Straße gehen, um es uns anzusehen. Steht im Reiseführer, wir sollten keinesfalls versäumen, ein berühmtes Nadelkissen mit elf Millionen Nadeln zu besichtigen, würden wir fünfhundert Meilen reisen, um es zu bestaunen!

Von Heidelberg fuhren wir nach Darmstadt. Warum es uns je in den Sinn gekommen war, hier haltzumachen, weiß ich nicht. Die Stadt ist wohl ganz nett und wohnlich, aber für einen Fremden vollkommen uninteressant. Nach einem Rundgang erkundigten wir uns nach dem nächsten Zug weg von hier, und als man uns sagte, einer fahre gerade ab, stürzten wir hinein und reisten nach Bonn.

Von Bonn (von wo wir ein, zwei Ausflüge zum Rhein unternahmen und wo wir auf Knien achtundzwanzig »gesegnete Stufen« erklommen – die Kirchenleute nennen sie »gesegnet«, wir verloren nach den ersten vierzehn den Glauben) kehrten wir zurück nach Köln. Von Köln ging es nach Brüssel, von Brüssel nach Gent (wo wir weitere berühmte Gemälde sahen und den mächtigen »Roland« läuten hörten »über Lagun' und Deich aus Sand«[10]). Von Gent reisten wir nach Brügge (wo ich mit Freuden einen Stein nach der Statue von Simon Stevin[11] warf, der die Qualen meiner Schulzeit mehrte, indem er die Dezimale erfand), und von Brügge kamen wir hierher.

Unsere Zugverbindungen herauszusuchen und zu buchen, war entsetzlich mühsam. Ich habe das alles B. überlassen, und er verlor darüber zwölf Kilo. Früher vertrat ich die Ansicht, mein eigener, lieber, heimischer Bradshaw sei eine ausreichend harte Nuss für den menschlichen Verstand. Doch der gute alte Bradshaw ist ein euklidsches Axiom von glasklarer Offensichtlichkeit im Vergleich zu einem kontinentaleuropäischen Fahrplan. Jeden Morgen hat B. sich vor das Buch gesetzt, sich mit beiden Händen an den Kopf gefasst und versucht, es zu verstehen, ohne verrückt zu werden.

»Hier sind wir«, hat er gesagt, »das ist der richtige Zug für uns. Abfahrt München um 1:45, Ankunft Heidelberg um 4 – gerade rechtzeitig für eine Tasse Tee.«

»Ankunft Heidelberg um 4?«, rufe ich. »Die ganze Strecke in zwei Stunden und fünfzehn Minuten? Also, auf der Hinfahrt haben wir die ganze Nacht gebraucht!«

»Also, da steht's doch«, sagt er und deutet auf den Fahrplan. »Abfahrt München 1:45, Ankunft Heidelberg 4.«

»Ja«, sage ich, über seine Schulter blickend, »aber siehst du denn nicht, dass die 4 fett gedruckt ist? Das bedeutet 4 Uhr früh.«

»Oh, ah, ja«, erwidert er, »das hab ich völlig übersehen. Ja, natürlich. Nein! Das kann nicht stimmen. Dann würde die Fahrt ja vierzehn Stunden dauern. Sie kann keine vierzehn Stunden dauern. Nein, natürlich nicht. Die 4 ist nicht wirklich fett gedruckt. Sie ist dünn gedruckt und ein wenig dick geraten, das ist alles.«

»Nun, es kann nicht 4 Uhr heute Nachmittag sein«, bemerke ich. »Es muss 4 Uhr morgen Nachmittag sein! Genau das würde ein deutscher Eilzug gern tun – einen ganzen Tag für eine sechsstündige Fahrt brauchen!«

Er grübelt eine Weile und ruft dann plötzlich: »Oh! Jetzt hab ich's kapiert. Wie dumm von mir! Der Zug, der um 4 in Heidelberg eintrifft, kommt von Berlin.«

Über diese Erkenntnis scheint er ziemlich glücklich zu sein.

»Was nützt uns das?«, frage ich.

Das deprimiert ihn.

»Nein, es nützt leider nicht viel«, stimmt er zu. »Er scheint direkt von Berlin nach Heidelberg zu fahren, ohne in München Halt zu machen. Wo also fährt der Zug um 1:45 Uhr hin? Er muss ja irgendwohin fahren.«

Fünf Minuten später ruft er: »Verflixter 1:45er! Er scheint nirgendwohin zu fahren. Abfahrt München 1:45, das ist alles. Er muss irgendwohin fahren!«

Offensichtlich tut er das aber nicht. Es scheint sich um einen Zug zu handeln, der um 1:45 Uhr abfährt und dann verschwindet. Vielleicht ist es ein junger, romantischer Zug, mit einem Hang zu Geheimnissen. Er will nicht verraten, wo er hinfährt. Wahrscheinlich weiß er es selbst nicht. Er fährt los und sucht nach Abenteuern.

»Ich fahre pünktlich um 1:45 Uhr«, sagt er sich, »und fahre dann irgendwie weiter, ohne darüber nachzudenken, und schau mal, wo ich lande.«

Vielleicht ist es auch ein eingebildeter, dickköpfiger, junger Zug. Er duldet weder Führung noch Ratschläge. Der Verkehrsleiter will, dass er nach St. Petersburg oder Paris fährt. Der alte, grauhaarige Bahnhofsvorsteher redet auf ihn ein und versucht, ihn zu überzeugen, nach Konstantinopel zu fahren oder auch nach Jerusalem, falls ihm das lieber ist – er drängt ihn, sich zu entscheiden –, warnt ihn, wie gefährlich es für junge Züge ist, kein festes Ziel im Leben zu haben. Andere Leute, die gebeten werden, ihren Einfluss geltend zu machen, sprechen mit ihm wie ein Vater und flehen ihn an, um ihretwillen nach Kamtschatka oder Timbuktu oder Jericho zu fahren, je nachdem, was sie für sein Bestes halten. Und als sie merken, dass er ihnen nicht zuhört, werden sie wütend und sagen ihm, er solle möglichst noch weiter fort.

Doch er stellt sich gegenüber allen Ratschlägen und Bitten taub.

»Lasst mich in Frieden«, antwortet er. »Ich weiß, wohin ich fahre. Macht euch bloß keine Sorgen um mich. Kümmert euch um euren Kram, alle miteinander. Ich brauch keine alten Narren, die mir sagen, was ich tun soll. Ich weiß, was ich mache.«

Was kann man von einem solchen Zug erwarten? Vermutlich nimmt es ein böses Ende mit ihm. Vielleicht erkennt man ihn später wieder: ein verarmter, ungeliebter, alter Zug ohne Freunde, der ziellos und verachtet in einem fernen Land umherwandert und mit bitterer Reue an den Tag zurückdenkt, als er, erfüllt von törichtem Stolz und Eifer, mit gut geöltem Dampfkessel um 1:45 Uhr in München abfuhr.

B. verwirft den 1:45er als hoffnungslos und unverbesserlich und setzt seine Suche fort.

»Was ist das?«, ruft er. »Wie würde das passen? Abfahrt München um 4, Ankunft Heidelberg 4:15. Das geht fix! Da stimmt etwas nicht, das kann nicht sein. Man kommt nicht in einer Viertelstunde von München nach Heidelberg. Oh! Ich verstehe: Der 4-Uhr-Zug fährt nach Brüssel und dann nach Heidelberg. Kommt wohl morgen um 4:15 Uhr an. Ich frag mich, warum er den Umweg über Brüssel nimmt? Dann scheint er ewig lang in Prag haltzumachen. Oh, dieser verfluchte Fahrplan!«

Dann findet er einen anderen Zug, der um 2:15 Uhr abfährt. Er scheint ideal zu sein. Er ist ganz begeistert von diesem Zug.

»Das ist unser Zug, alter Knabe«, sagt er. »Ein herrlicher Zug! Er hält nirgendwo an.«

»Fährt er irgendwo hin?«, frage ich.

»Natürlich fährt er irgendwo hin«, erwidert er empört. »Es ist ein Eilzug! München«, murmelt er und folgt mit dem Finger den Angaben auf dem Fahrplan. »Abfahrt 2:15 Uhr. Nur erste und zweite Klasse. Nürnberg? Nein, er hält nicht in Nürnberg. Würzburg? Nein. Frankfurt nach Straßburg? Nein. Köln, Antwerpen, Calais? Also, wo hält er? Verflixt! Er muss irgendwo halten. Berlin, Paris, Brüssel, Kopenhagen? Nein. Herrgott nochmal, wieder ein Zug, der nirgendwo hinfährt! Er fährt um 2:15 Uhr in München ab, und das war's. Sonst macht er nichts mehr.«

Offenbar ist es bei Zügen ab München üblich, ziellos drauflos zu fahren. Offenkundig haben sie nichts anderes im Sinn, als die Stadt zu verlassen. Ihnen ist es gleich, wohin die Reise geht. Ihnen ist es egal, was aus ihnen wird, Hauptsache raus aus München.

»Um Himmels willen«, sagen sie sich, »lasst uns bloß von hier abhauen. Wen kümmert's, wohin wir fahren. Das können wir entscheiden, wenn wir endlich weg sind. Raus aus München und zwar schnell.«

B. bekommt es allmählich mit der Angst zu tun. Er sagt: »Wir werden diese Stadt nie verlassen. Es gibt gar keine Züge, die aus München rausfahren. Es ist eine Verschwörung, um uns hier festzuhalten, nichts anderes. Wir kommen hier niemals weg. Wir werden das liebe, alte England nie wiedersehen!«

Ich versuche, ihn aufzuheitern, indem ich vorschlage, dass es in Bayern womöglich üblich ist, den Zielort des Zugs der Lust und Laune der Passagiere zu überlassen. Die Bahnchefs sorgen für einen Zug und lassen ihn um 2:15 Uhr abfahren. Es ist ihnen egal, wohin er fährt. Das ist eine Frage, die die Passagiere unter sich ausmachen müssen. Die Passagiere mieten den Zug und fahren damit, alles andere interessiert die Leute von der Bahn nicht. Gibt es Meinungsverschiedenheiten unter den Passagieren, weil einige von ihnen nach Spanien, andere heimwärts nach Russland wollen, regelt man die Sache sicher, indem man eine Münze wirft.

B. will jedoch von meiner Theorie nichts wissen und sagt, er wünschte, ich würde nicht so viel reden, wenn ich sehe, wie sehr ihn die Angelegenheit quält. Das ist der Dank, wenn ich versuche, ihm zu helfen.

Er plagt sich weitere fünf Minuten und entdeckt dann einen Zug, der wirklich nach Heidelberg fährt. Offenbar ist es ein weitgehend vorbildlicher Zug. Das Einzige, was man gegen ihn vorbringen könnte, wäre, dass er nirgendwo abfährt.

Er scheint aus heiterem Himmel auf Heidelberg zu fallen und dann dort haltzumachen. Seine plötzliche Ankunft muss die Menschen im Heidelberger Bahnhof erschrecken. Sie wissen nicht, was sie damit anfangen sollen. Der Dienstmann geht zum Bahnhofsvorsteher und sagt: »Entschuldigen Sie, Sir, da ist ein fremder Zug im Bahnhof.«

»Oh!«, erwidert der Bahnhofsvorsteher verdutzt. »Von wo kommt er?«

»Keine Ahnung«, antwortet der Mann, »er scheint es selbst nicht zu wissen.«

»Du meine Güte«, sagt der Bahnhofsvorsteher, »wie überaus ungewöhnlich! Was will er?«

»Wohl nichts Besonderes«, erwidert der andere. »Es ist ein seltsamer Zug. Hat ein paar Schrauben locker, wenn Sie mich fragen.«

»Hm«, grübelt der Stationsvorsteher, »was für eine dumme Geschichte. Nun, wir sollten ihn wohl ein Weilchen hier halten lassen. In einer Nacht wie dieser können wir ihn kaum vor die Tür setzen. Soll er es sich doch bis morgen früh im Holzschuppen bequem machen, dann schauen wir mal, wo seine Freunde sind.«

Schließlich findet B. heraus, dass wir zunächst nach Darmstadt müssen, um von dort mit einem anderen Zug nach Heidelberg zu gelangen. Dieses Wissen gibt ihm aufs Neue Hoffnung und Kraft, und er macht sich wieder ans Werk – diesmal, um Züge von München nach Darmstadt und von Darmstadt nach Heidelberg zu finden.

»Das ist es«, ruft er nach ein paar Minuten. »Ich hab's!« (Er ist ein lebhafter Bursche.) »Das klappt. Abfahrt München 10, Ankunft Darmstadt 5:25, Abfahrt Darmstadt nach Heidelberg 5:20, Ankunft …«

»Da haben wir nicht viel Zeit zum Umsteigen«, bemerke ich.

»Nein«, antwortet er und wird wieder nachdenklich. »Nein, das ist ungünstig. Wäre es andersherum, kämen wir gut zurecht. Oder wenn unser Zug fünf Minuten zu früh ankommt und der andere ein wenig später abfährt.«

»Damit kann man wohl kaum rechnen«, behaupte ich, und er stimmt mir zu und sucht weiter nach besseren Zugverbindungen.

Doch offenbar fahren alle Züge von Darmstadt nach Heidelberg ein paar Minuten vor Ankunft des Zugs aus München ab. Es sieht so aus, als würde ein Plan dahinterstecken, als wären wir nicht willkommen.

An diesem Punkt verliert B. für gewöhnlich den Verstand und beginnt, einfach vor sich hin zu faseln. Er entdeckt Züge, die in fünfzehn Minuten von München nach Heidelberg fahren, via Venedig und Genf, mit einer halben Stunde Aufenthalt für ein Frühstück in Rom. Er blättert hektisch den Fahrplan vor und zurück, auf der Jagd nach dämonischen Eilzügen, die an ihrem Zielort siebenundvierzig Minuten eher ankommen, als sie abgefahren sind, und erneut abfahren, bevor sie angekommen sind. Er findet heraus, dass die einzige Möglichkeit, von Süddeutschland nach Paris zu gelangen, über Calais und eine Bootsverbindung nach Moskau führt. Bevor er mit dem Fahrplan fertig ist, weiß er nicht mehr, ob er sich in Europa, Asien, Afrika oder Amerika befindet, und auch nicht, wo er überhaupt hinwill oder warum.

Dann nehme ich ihm das Buch ruhig, aber entschlossen aus der Hand und kleide ihn zum Ausgehen an. Wir nehmen unsere Koffer und gehen zum Bahnhof und sagen dem Dienstmann: »Wir möchten gern nach Heidelberg.« Und der Dienstmann nimmt uns beide an der Hand und führt uns zu einer Bank und sagt, wir sollen uns hinsetzen und brav sein, er werde rechtzeitig wiederkommen, uns abholen und zum Zug bringen. Und das tut er.

Das ist meine Methode, herauszufinden, wie man von einem Ort zum anderen gelangt. Sie ist vielleicht nicht so würdevoll wie die von B., aber einfacher und wirksamer.

In Deutschland reist man langsam. Der deutsche Zug hat es nicht eilig und überanstrengt sich nicht, und bleibt er stehen, ruht er sich gern aus. Nähert sich ein deutscher Zug einem Bahnhof, steigen alle aus, um herumzuspazieren. Der Maschinist und der Heizer gehen hinüber zum Bahnhofsvorsteher und klopfen an seine Tür. Der Bahnhofsvorsteher kommt heraus und begrüßt sie überschwänglich, dann läuft er zurück ins Haus, um seiner Frau zu erzählen, wer da ist, und sie eilt heraus und begrüßt sie ebenfalls überschwänglich, und die vier schwatzen über alte Zeiten und Freunde und Ernteerträge. Nach einer Weile blickt der Maschinist während einer Gesprächspause auf seine Uhr und sagt, sie müssten leider aufbrechen, doch die Frau des Stationsvorstehers will nichts davon hören.

»Oh, ihr müsst bleiben und die Kinder sehen«, sagt sie. »Sie kommen bald von der Schule nach Hause und wären arg enttäuscht, wenn sie erfahren, dass ihr da wart und wieder fort seid. Lizzie wird euch das niemals verzeihen.«

Der Maschinist und der Heizer lachen und sagen, unter diesen Umständen bliebe ihnen nichts anderes übrig, als zu warten. Und das tun sie.

Mittlerweile hat der Fahrkartenverkäufer dem Schaffner seine Schwester vorgestellt, und hinter der Tür des Fahrkartenschalters entwickelt sich ein dermaßen vielversprechendes Geturtel, dass es kaum verwunderlich wäre, wenn in der Nachbarschaft bald die Hochzeitsglocken läuteten.

Der zweite Schaffner ist in die Stadt gegangen, um einen Hund zu verkaufen, und die Passagiere schlendern über den Bahnsteig und rauchen oder nehmen im Bahnhofsrestaurant eine leichte Mahlzeit zu sich – die ärmeren Klassen stärken sich mit heißer Wurst, die vornehmeren mit Suppe. Nachdem sich jeder hinreichend ausgeruht hat, schlägt der Maschinist oder der Schaffner vor, weiterzufahren, und wenn alle dem Vorschlag zustimmen, fährt der Zug ab.

Auf unserer Fahrt von Darmstadt nach Heidelberg herrschte schreckliche Aufregung, als man entdeckte, dass wir in einem Eilzug saßen (sie nennen ihn »Eilzug«:

Er zuckelte mit zwanzig Meilen die Stunde dahin, wenn er überhaupt in Bewegung gesetzt werden konnte; meistens schien er im Halbschlaf zu dämmern), aber nur Fahrkarten für den langsamen Zug hatten. Der Zug wurde am nächsten Bahnhof gestoppt, und B. wurde zwischen zwei streng dreinblickenden Beamten mit Goldlitzen abgeführt, um die Angelegenheit einem streng dreinblickenden Bahnhofsvorsteher mit Goldlitzen zu erklären, der von drei streng dreinblickenden Gefolgsleuten mit Goldlitzen umringt war. Die Szene erinnerte an ein Kriegsgericht, und ich merkte, dass B. nervös war, obwohl er äußerlich ruhig und tapfer wirkte. Er rief mir ein unbekümmertes Adieu zu, als er den Bahnsteig entlangging, und bat mich, falls es zum Schlimmsten käme, es seiner Mutter schonend beizubringen.

Er kam jedoch unbeschadet davon und kehrte unbescholten zurück, nachdem er zur Zufriedenheit des Gerichts Folgendes ausgesagt hatte – erstens, dass er nicht gewusst habe, dass unsere Fahrkarten nur für langsame Züge gelten; zweitens, dass es ihm nicht bewusst gewesen sei, dass wir nicht in einem langsamen Zug gesessen sind; und drittens, dass er bereit sei, den Aufpreis zu zahlen.

Hinterher ärgerte er sich jedoch darüber, Letzteres getan zu haben. Er schien zu glauben, dass er die Zusatzkosten hätte vermeiden können, indem er vorgab, kein Deutsch zu verstehen. Er erzählte, dass die Behörden nicht anders mit ihnen umgesprungen seien, als er vor zwei Jahren mit drei anderen Männern durch Deutschland reiste und sie mit Tickets Zweiter Klasse in der Ersten Klasse gefahren waren.

Warum sie das getan hatten, schien B. nicht klar und deutlich erklären zu können. Er sagte, wenn er sich richtig erinnere, hatte der Schaffner ihnen gesagt, sie sollten in der Ersten Klasse einsteigen. Oder sie hatten keine Zeit, in die Zweite Klasse zu gelangen. Oder sie hätten nicht gewusst, dass sie sich nicht in der Zweiten Klasse befanden. Ich muss zugeben, seine Ausführungen wirkten auf mich ein wenig fadenscheinig.

Jedenfalls befanden sie sich in einem Wagen der Ersten Klasse. Und da stand der Fahrkartenkontrolleur an der Tür, blickte entrüstet auf ihre Zweite-Klasse-Tickets und wartete, was sie zu ihrer Verteidigung zu sagen hatten.

Einer aus ihrer Gruppe verstand nicht viel Deutsch, doch auf das Wenige, das er verstand, war er sehr stolz, und er gab es gern zum Besten. Dieser Mann diskutierte die Angelegenheit mit dem Kontrolleur und sprach dabei ein so gutes Deutsch, dass der Kontrolleur jedes seiner Worte verstand, aber keines glaubte. Er war seinerseits wieder mit etwas Mühe dazu imstande, die Worte des Kontrolleurs zu verstehen, der achtzehn Mark verlangte. Und er musste zahlen.

Was die drei anderen anging, von denen zwei vorzüglich Deutsch sprachen: Sie verstanden rein gar nichts, und niemand konnte sie dazu bringen, irgendetwas zu verstehen. Der Kontrolleur brüllte sie rund zehn Minuten an, und sie lächelten und sagten, sie wollten nach Hannover. Er verschwand und holte den Bahnhofsvorsteher, und der Bahnhofsvorsteher erklärte ihnen weitere zehn Minuten, dass er sie nach deutscher Manier vor Gericht bringen werde, wenn sie nicht jeder achtzehn Shilling zahlten. Und sie lächelten und nickten und sagten ihm, sie wollten nach Hannover.

Dann erschien eine Person mit Dreispitz, die wichtig aussah und sehr wütend war. Und er, der Bahnhofsvorsteher und der Fahrkartenkontrolleur erklärten B. und seinen Freunden abwechselnd die Rechtslage in diesem Fall. Sie tobten und wüteten, drohten und flehten eine gute Viertelstunde, dann hatten sie die Nase voll, schlugen die Tür zu und verschwanden, so dass der Regierung vierundfünfzig Mark durch die Lappen gingen.

Mittwochs überquerten wir die deutsche Grenze, seither sind wir in Belgien.

Ich mag die Deutschen. B. sagt, ich sollte sie das lieber nicht wissen lassen, sonst bildeten sie sich noch was darauf ein. Doch ich habe keine Befürchtungen, dass es dazu kommt. Ich bin sicher, dass sie genug gesunden Menschenverstand besitzen, um sich nicht von Lob den Kopf verdrehen zu lassen, ganz gleich von wem es kommt.

B. meint außerdem, ich zeige mehr Energie als Klugheit, wenn ich mir eine Meinung über ein Volk bilde, nachdem ich ein paar Wochen durch sein Land gereist bin. Doch meiner Erfahrung nach sind die ersten Eindrücke die verlässlichsten. Sie sind es jedenfalls in meinem Fall. Ich komme oft spontan zu ziemlich vernünftigen Ideen und Urteilen. Ich werde erst töricht, wenn ich aufhöre zu denken.

Unsere ersten Gedanken sind Gedanken, die uns gegeben werden. Unsere zweiten Gedanken sind Gedanken, die wir uns selber machen. Ich vertraue lieber den ersten.

Die Deutschen sind groß, stämmig und haben eine breite Brust. Sie reden nicht viel, sehen aber aus, als würden sie denken. Sie sind, wie alle großen Wesen, unkompliziert und gutmütig.

Tabakgegner und Antialkoholiker und Leute, die solchen Moden hinterherlaufen, sind in Deutschland nicht beliebt. Es liegt nicht in der Natur des Deutschen, etwas Schlechtes daran zu finden, sein Leben zu genießen, und noch weniger möchte er anderen die Freude an ihrem vermiesen. Er schätzt seine große Pfeife, und er schätzt seinen Bierkrug, und ist dieser leer, schätzt er es, wenn man ihn wieder füllt. Und er schätzt es, wenn andere Leute ihre Pfeife und ihren Bierkrug schätzen. Würde man um einen Deutschen herumhüpfen und ihn lautstark anflehen, sich schriftlich zu verpflichten, nie wieder im Leben einen Tropfen Bier zu trinken, würde er antworten, man solle nicht vergessen, dass man mit einem Mann spricht, nicht mit einem Kind oder Idioten. Und er würde den Worten wahrscheinlich Nachdruck verleihen, indem er dem Bittsteller für seine Frechheit eine Ohrfeige verpasst. Er kann sich vernünftig benehmen, ohne sich zum Trottel zu machen. Er kann auf Alkohol verzichten, ohne sich überall mit roten Schleifen zu schmücken, die seine Haltung anpreisen, und ohne die Straße auf und ab zu laufen, eine Fahne zu schwenken und deswegen ein Geschrei zu veranstalten.

Die deutschen Frauen sind nicht schön, aber liebenswürdig und bezaubernd. Und sie haben eine breite Brust und breite Hüften, wie es den Müttern großer Söhne gebührt. Sie scheinen sich um ihre »Rechte« keine Sorgen zu machen, sondern ohne Wahlrecht zufrieden und glücklich zu sein. Die Männer behandeln sie höflich und zärtlich, aber ohne die übertriebene Ehrerbietung, die man in eher von Weibsbildern tyrannisierten Nationen findet. Die Deutschen lieben Frauen, aber vergöttern sie nicht. Und sie machen sich nicht viele Gedanken darüber, welches Geschlecht den Staat lenken und welches sich zu Hause um die Kinder kümmern soll. Die deutschen Frauen sind keine Politiker, Bürgermeister und Bezirksräte, sie sind Hausfrauen.

Alle Klassen von Deutschen sind ausdrücklich höflich zueinander, und zwar aus gegenseitigem Respekt, nicht aus Snobismus. Der Straßenbahnkontrolleur erwartet, so höflich behandelt zu werden, wie er andere behandelt. Der Graf lüpft den Hut vor dem Ladenbesitzer und erwartet, dass dieser auch vor ihm den Hut zieht.

Die Deutschen essen herzhaft, aber sie sind, was die Nahrung angeht, nicht so heikel und pingelig wie die Franzosen. Ihr Magen ist nicht ihr Gott, und der Koch mit seinen Soßen und *pâtés* und *ragouts* ist nicht ihr Hohepriester. Solang die Mahlzeit bekömmlich ist und sie genug davon haben, sind sie zufrieden.

In den rein sinnlichen Künsten, in der Malerei und Bildhauerei sind die Deutschen erbärmlich. In den erhebenden Künsten, in der Literatur und Musik sind sie großartig. Diese Tatsache ist ein Schlüssel zu ihrem Charakter.

Sie sind einfache, ernste, häusliche, herzliche Menschen. Sie lachen nicht viel, doch wenn sie es tun, lachen sie aus tiefster Seele. Sie sind langsam, doch das gilt auch für einen tiefen Fluss. Im Allgemeinen ruht ein gelassener Ausdruck auf ihren schweren Zügen, nur manchmal runzeln sie die Stirn und wirken etwas grimmig.

Ein Besuch in Deutschland ist für einen Engländer Medizin. Wir Engländer verhöhnen uns ständig selbst, und Patriotismus gilt in England als vulgär. Die Deutschen dagegen glauben an sich und respektieren einander. Für sie ist die Welt nicht am Ende. Ihre Heimat ist immer noch das Vaterland. Sie blicken geradeaus, wie

Menschen, die eine große Zukunft vor sich sehen, und sie fürchten sich nicht davor, voranzugehen und sie wahr werden zu lassen.

Anmerkungen

1 *Evangeline* – evtl. Henry Wadsworth Longfellows *Evangeline. A Tale of Acadie* (1847).
2 *Briareus* – hundertarmiger Riese der griechischen Sage, Sohn des Uranus und der Erde.
3 *Gibbon* – der britische Historiker Edward Gibbon (1737–1794).
4 *Mangnall's Questions* – *Historical and Miscellaneous Questions for the Use of Young People*, ein Jugendbuch der englischen Schullehrerin Richmal Mangnall (1769–1820).
5 *Carlyles Biographie* – *The History of Friedrich II of Prussia* (6 Bände, 1858–1865) von Thomas Carlyle.
6 *Byron* – Lord Byrons autobiografisches Versepos *Childe Harold's Pilgrimage* (1812–1816).
7 *Oliver Wendell Holmes* (1809–1894) – die Essays des amerikanischen Arztes, Dichters und Humoristen erschienen in *The Atlantic Monthly*. Sie wurden später in vier Bänden veröffentlicht. Der erste Band, *The Autocrat of the Breakfast Table*, erschien 1858.
8 *Becky Sharp* – Figur aus William Makepeace Thackerays Gesellschaftsroman *Vanity Fair* (1847–1848).
9 *Alma-Tadema* – der aus Holland stammende Maler Sir Lawrence Alma-Tadema (1836–1912), bekannt für seine detailreichen Darstellungen antiker Architektur.
10 *über Lagun' und Deich aus Sand* – aus Henry Wadsworth Longfellows Gedicht »The Belfry of Bruges«.
11 *Simon Stevin* (1548–1620) – flämischer Mathematiker.

Nachwort

Jerome K. Jerome ist dank seines ersten, 1889 erschienenen Romans in Erinnerung geblieben. *Three Men in a Boat* (*To Say Nothing of the Dog*) zählt zu den beliebtesten Büchern der viktorianischen Literatur, wurde in alle Weltsprachen übersetzt, mehrmals verfilmt und gilt bis heute als Musterbeispiel englischen Humors. Neben diesem überragenden Erfolg verblasste das umfangreiche Werk eines Autors, der etliche Theaterstücke, Essays, Erzählungen, Romane und autobiografische Texte verfasste und als Herausgeber Mark Twain in England bekannt machte.

Ebenso wie sein amerikanischer Seelenverwandter stammte Jerome aus einfachen Verhältnissen und konnte einen äußerst wechselvollen Lebenslauf mit etlichen Fehlschlägen vorweisen. Sein Vater Jerome Clapp Jerome arbeitete in Poplar, East London, als Buchhalter, nachdem er als Kohlengrubenbesitzer bankrottgegangen und als protestantischer Prediger gescheitert war. Als er 1871 nach langer Krankheit mittellos starb, musste sein zwölfjähriger Sohn – Jerome Klapka, nach dem ungarischen Revolutionär György Klapka – die Schule verlassen und zum Unterhalt der Familie beitragen. Sein erstes Geld verdiente er bei der London & Northwestern Railway Company, indem er Kohlestücke, die entlang der Eisenbahngleise heruntergefallen waren, einsammelte. Später folgten besser bezahlte Jobs als Angestellter und Kanzleischreiber. Den frommen Lebenswandel seiner Eltern lehnte er bald ab; statt Kirchen besuchte er Kneipen und Bordelle, und aus Liebe zum Theater schloss er sich schließlich einer Schauspieltruppe an, mit der er drei Jahre lang kreuz und quer durchs Land tingelte.

Er hegte den ehrgeizigen Plan, selbst für die Bühne zu schreiben. Zurück in London verdingte er sich zunächst als Zeilenschinder für mehrere Tageszeitungen, dann als Lehrer und Sekretär, kam seinem eigentlichen Ziel aber nicht näher. Die meisten seiner literarischen Versuche – Essays, Satiren, Kurzgeschichten – wurden abgelehnt. Der Durchbruch gelang erst 1885 mit einer Sammlung komischer Erinnerungen an seine Zeit als umherreisender Laienschauspieler: *On the Stage – and Off: The Brief Career of a Would-Be Actor*. Es folgten eine Sammlung humoristischer Essays (*The Idle Thoughts of an Idle Fellow*), drei Theaterstücke und *Stage-Land*, ein weiteres Buch mit Anekdoten aus dem Schauspielermilieu.

1888 heiratete Jerome seine Cousine Georgina Marris, nur wenige Tage nachdem die Scheidung von ihrem ersten Mann rechtsgültig geworden war. Die Flitterwochen verbrachte das Paar mit Rose, Georginas Tochter aus erster Ehe, in einem Boot auf der Themse, und die vielfältigen Eindrücke dieser Reise bildeten die Grundlage für den Bestseller *Three Men in a Boat*. In dem Roman ersetzte Jerome seine Frau durch zwei alte Freunde, George Wingrave (»George«) und Carl Hentschel (»Harris«) und verwandelte die Bootsfahrt in das turbulente Abenteuer dreier Junggesellen.

Das Buch erwies sich als Volltreffer, wurde weithin gelobt, gelesen, geliebt und öffnete dem Autor manche Tür. Eben noch hatte er sich als Journalist und Schreiberling mühsam durchgeschlagen, nun schloss er Bekanntschaft mit den Berühmtheiten seiner Zeit: J. M.

Barrie, Henry Rider Haggard, H. G. Wells, Arthur Conan Doyle, Thomas Hardy und Rudyard Kipling.

The Diary of a Pilgrimage (1891) sollte an den Erfolg anknüpfen und beruhte auf Jeromes Reise nach Oberammergau im Frühjahr 1890. Eigentlich wollte er das neue Abenteuer in Begleitung seiner Freunde Eden Phillpotts und Walter Helmore bestehen, die beide für ein Versicherungsbüro in Chelsea arbeiteten. Phillpotts, der sich später mit Geschichten über das Landleben in Devon und als Förderer von Agatha Christie einen Namen machen sollte, wurde jedoch plötzlich krank, so dass schließlich nur Helmore – im Text B. genannt – mitfuhr. Wie Jerome und Phillpotts hatte auch Helmore enge Beziehungen zur Londoner Theaterszene und schrieb Kleinigkeiten für die Bühne und einige Zeitschriften. Er kannte Deutschland von früheren Reisen und sprach sogar ein wenig Deutsch. Freilich nicht genug, um von den im Buch geschilderten Missverständnissen verschont zu bleiben.

Jerome schrieb nach seiner Rückkehr zunächst für die Zeitschrift *Theatre* einen Artikel über das Passionsspiel, der einige zusätzliche, in *Diary of a Pilgrimage* nicht erwähnte Details enthält. Er zeigte sich besonders beeindruckt von den Tableaus, die Szenen aus der Bibel darstellten, von der Disziplin der Laiendarsteller und vom Realismus der Aufführung. Die Kreuzigung wurde schockierend blutig in Szene gesetzt. Dornenkrone und Nägel wirkten echt, und Blut spritzte reichlich, als ein römischer Soldat Jesus das Schwert in die Seite stieß.

Es überrascht nicht, dass Jerome in seinem ausführlichen Reisebericht auf derlei drastische Beschreibungen, die im Rahmen der humoristischen Passagen geschmacklos gewirkt hätten, verzichtet hat. Aus der Sicht seiner Kritiker war er dennoch zu weit gegangen. Man warf ihm vor, ein »Cockney-Pilger« zu sein, »der in ausländischen Kirchen laut redet und lacht, alles verhöhnt und verspottet, was er nicht versteht – und das betrifft einen Großteil dessen, was er sieht und hört.«

Aus heutiger Sicht wirken Jeromes Ausführungen zum Thema Christentum und Religion keineswegs respektlos. Seine Scherze über B.s »Kirchensucht« richten sich schließlich nicht gegen die Kirche, sondern gegen die Abstinenzlerbewegung, der er als trinkfreudiger Zeitgenosse überaus feindselig gegenüberstand. Zudem kann man die schöne Passage über die Stille in Kathedralen kaum als »Hohn und Spott« verstehen. Jerome versuchte einerseits, seinem erfolgversprechenden Image als Humorist gerecht zu werden, suchte aber anderseits nach Gelegenheiten, dieses Image zu unterwandern. Der spezielle Reiz seines kleinen Reiseromans liegt in den unbeschwerten Sprüngen zwischen absurder Komik und ernsthafter Betrachtung.

Als die Erstausgabe von *Diary of a Pilgrimage* in der Zeitschrift *Daily Graphic* erschien, ärgerte Jerome sich über eine Änderung im Text, die der Redakteur eigenmächtig vorgenommen hatte: Um dem anspruchsvollen Geschmack der zartbesaiteten Leser gerecht zu werden, hatte er die zwei erwähnten Flöhe gegen Fliegen ausgetauscht. Die Erwähnung von Flöhen in Reiseberichten, meinte er, sei ein übles Klischee. Jerome protestierte, da er Flöhe seit jeher für gesellige kleine Kerle gehalten habe, und beharrte darauf, die Fliegen zu streichen. Wie der Streit ausging, mag jeder Leser selbst überprüfen, doch zeigt diese Anekdote vor allem, wie ängstlich Zeitungs- und Buchverlage mit der Frage umgingen, was das Publikum als schicklich betrachten würde und was nicht. Jerome machte sich gern über solche Moralvorstellungen lustig, indem er seine Anständigkeit übertrieben betonte, wie zum Beispiel bei der Erwähnung der »Kleidungsstücke, an die nur zu denken mich erröten lässt«. Kürzungen nahm er dennoch in Kauf. So verzichtete er unter anderem auf die Beschreibung eines Tableaus im Rahmen des Passionsspiels, das die Ermordung Abels durch die Hand Kains zeigte, wobei die Akteure nackt auf die Bühne traten.

Jeromes nächstes Buch bedeutete ein großes Risiko für den Autor, der sich nun als Humorist einen Namen gemacht hatte, und von dem man weitere brave Komödien erwartete. *Weeds: A Story in Seven Chapters* (1892) ist jedoch eine düstere Novelle über Ehebruch und sexuelle Begierde. Die Geschichte handelt von den Schuldgefühlen eines Mannes, der sich in die Cousine seiner Frau verliebt und mit ihr schläft. Obwohl die entsprechende Liebesszene nur mit wenigen Worten angedeutet wird, warnte der Verleger vor einer Veröffentlichung. Jerome meinte, die Leserschaft habe sich seit Thomas Hardys großem Liebesroman *Tess of the d'Ubervilles* an einen offeneren Umgang mit Sexualität gewöhnt, konnte seine Novelle aber letztlich nur anonym veröffentlichen. Da keine einzige Rezension zu dem Buch erschien – für einen verkaufsfördernden Skandal war es dann doch zu harmlos –, wurde es rasch vergessen, und der Autor widmete sich einer neuen Aufgabe.

Von 1892 bis 1897 arbeitete er als Herausgeber für die monatlich erscheinende Zeitschrift *Idler*, in der unter anderem Beiträge von Eden Phillpotts, Bret Harte und

Mark Twain erschienen. Twain und Jerome, deren Töchter dieselbe Schule besuchten, trafen sich nur ein einziges Mal privat in Jeromes Londoner Wohnung am Rand des Hyde Parks. Der Engländer erinnerte sich später an die denkwürdige Begegnung im Sommer 1895: »Wir saßen zusammen, redeten und schauten hinaus auf den stillen Park, bis es ziemlich spät geworden war; dann begleitete ich ihn und seine Tochter zur Droschke und ging zurück ins Haus. Dort fiel mir plötzlich auf, dass keiner von uns einen einzigen Scherz gemacht oder eine lustige Geschichte erzählt hatte.«

Neben seiner Tätigkeit als Herausgeber widmete er sich verschiedenen Bühnenprojekten und kehrte schließlich zurück zu seinem alten Erfolgsrezept. In *Three Men on the Bummel* (1900) schilderte er eine abenteuerliche Fahrradtour durch den Schwarzwald. Sein typischer Humor hatte allerdings einiges an Frische und Originalität eingebüßt. »Ich könnte ihnen den Schwarzwald ausführlich beschreiben [...]. Doch ich hege den Verdacht, dass Sie all das überblättern werden.« Solche Passagen wirken wie ein zweiter Aufguss von *Diary of a Pilgrimage*. Auch die Konfrontation der unbedarften Engländer mit dem deutschen Lebensstil wird in dem älteren Buch viel amüsanter beschrieben, während das neue vor allem den preußischen Ordnungswahn und die Mode des Radfahrens aufs Korn nimmt.

Jerome hatte während seiner Reise nach Oberammergau eine gewisse Vorliebe für Deutschland und die Deutschen entdeckt. Er besuchte München später mehrmals mit seiner Familie und verbrachte einige Zeit in Dresden. Bei Ausbruch des Ersten Weltkriegs wurde Jerome oft dafür getadelt, wenn nicht gar beschimpft, dass er die Beziehungen zu seinen deutschen Freunden nicht abbrach und die Kriegspropaganda der britischen Presse öffentlich kritisierte. »Ich kann nicht glauben, dass die ganze deutsche Nation aus lauter Jack the Rippers besteht«, schrieb er und beklagte, dass man in Deutschland ebenso gescholten werde, wenn man nicht in der Lage sei, England jeden Morgen aufs Neue zu hassen. Seine skeptische Haltung hinderte ihn nicht daran, sich freiwillig zum Militärdienst zu melden. Da man ihn wegen seines Alters ablehnte, ging er auf eigene Faust nach Frankreich und diente in der französischen Armee als Krankenwagenfahrer, eine Erfahrung, die ihn zutiefst erschütterte. Er plädierte dafür, die alten Männer, die den Krieg angezettelt hatten, an die Front zu schicken, anstatt die Jugend sinnlos zu verheizen: »Wären alte Herren nicht ebenso gut für diesen Job geeignet? Jungs wachsen zu Männern heran. Nach dem Krieg wird die Welt sie brauchen. Ist es nicht unrentabel, sie alle abzuschlachten, während jedes Land offenbar über Scharen wilder Graubärte verfügt, die lauthals den Kampf bis zum bitteren Ende fordern und auf der Vernichtung Englands, der Auslöschung Deutschlands bestehen?«

Nach Kriegsende setzte Jerome sich aktiv für Versöhnung ein. Gemeinsam mit George Bernard Shaw und dem jüdischen Autor Israel Zangwill verfasste er eine Botschaft an das deutsche Volk: »In der neuen Ära, die vor uns liegt und deren Gestaltung gemeinsame Aufgabe der Menschheit ist, hoffen wir, in Frieden und Freundschaft mit anderen Nationen voranzuschreiten und so Zwist in Harmonie zu verwandeln. So werden alte Übel beseitigt, und die Einheit der Nationen wird bald verwirklicht. Wir senden Ihnen eine Botschaft der Hoffnung und Freundschaft.«

Dieses entschlossene Eintreten für Frieden und Versöhnung ist umso bemerkenswerter, wenn man es mit hasserfüllten Äußerungen anderer Größen der englischen Literatur wie Rudyard Kipling vergleicht. Doch so fortschrittlich Jerome in seinen pazifistischen Ansichten war, so rückständig blieb er in der Frage der Frauenrechte. Sein Bekenntnis am Ende von *Diary of a Pilgrimage*, dass er deutsche Frauen schätze, weil sie sich nicht in Politik einmischen und kein Wahlrecht fordern, klingt wie ein schlechter Scherz, war aber durchaus ernst gemeint. Jerome wetterte als Herausgeber des *Idler* immer wieder gegen Suffragetten und stritt sogar mit Vertreterinnen der Anti-Corset-League. Dies vielleicht nicht einmal, weil er die Anliegen der Frauen für falsch oder ungerechtfertigt hielt, sondern weil er sich darüber ärgerte, dass diese Themen die öffentliche Diskussion beherrschten: »Es ist nun wirklich an der Zeit, dass das Gerede über die rebellischen Töchter in den Zeitungen und Magazinen aufhört. Ich sage das, weil die Rebellion eigentlich vollkommen unwichtig ist. Ich leugne nicht, dass in der kleinen Londoner Gesellschaft dergleichen vorkommt und die Töchter dort aus Unschuld und Unwissenheit den guten Rat ihrer Mütter in vielerlei Hinsicht missachten wollen – was sie später größtenteils bereuen werden. Doch die Bewegung als ein nationales Phänomen zu betrachten, ist einfach absurd.«

Im gleichen Ton wandte er sich an die Anti-Corset-League, die für die Abschaffung dieses beengenden Kleidungsstücks eintrat: »Ich möchte das Korsett keinesfalls verteidigen. Ich will mich nicht darüber streiten.

Ich glaube nicht einmal, dass es unschicklich wäre, darüber zu streiten. Ich bitte nur um ein klein wenig Abwechslung.«

Jerome nutzte auch die Theaterbühnen, um die Frauenbewegung und das gewandelte Selbstverständnis der Frauen ins Lächerliche zu ziehen, und schrieb zu diesem Thema harmlose Komödien wie *Biarritz* (1896) und – gemeinsam mit Eden Phillpotts – *The MacHaggis* (1897). Zumindest im letztgenannten Fall geht der Humor nicht nur auf Kosten der modernen Frau, die Autoren machen sich ebenso über den konservativen Engländer und seine Unfähigkeit lustig, mit dem neuen Selbstbewusstsein der Frauen zurechtzukommen.

War Jerome im Grunde ein Konservativer, der gesellschaftlichen Veränderungen misstrauisch gegenüberstand? Angesichts seiner wiederholten verbalen Angriffe auf Suffragetten müsste man die Frage mit ja beantworten. Er selbst hätte dieses Urteil jedoch weit von sich gewiesen. Jerome identifizierte sich mit keiner politischen Richtung und meinte, die einzige Partei, der er angehören wolle, sei die des gesunden Menschenverstands. Viele seiner Ansichten waren konservativ, ebenso viele fortschrittlich und liberal. Er protestierte gegen Lynchmorde in den USA und gegen den Massenmord an den Armeniern in der Türkei, setzte sich – Seite an Seite mit den von ihm kritisierten Aktivistinnen – für Tierrechte ein, wandte sich gegen Zensur und hielt Drogenkonsum für weniger schädlich als Teetrinken. Manchmal klammerte er sich an Vorurteile, manchmal überwand er sie mit einem Scherz. Einerseits glaubte er fest an die heilende Wirkung von Humor, andererseits haderte er mit der Rolle des Humoristen, die zu spielen immerzu von ihm verlangt wurde: »Es ist nicht schwer, heutzutage einen Ruf als Humorist aufrechtzuerhalten. Hat jemand einmal ein Buch geschrieben, das alle zum Lachen bringt, wird die Öffentlichkeit – oder zumindest ein bestimmter Teil davon – bei jeder seiner Äußerungen Lachanfälle bekommen. Als junger Mann machte ich gelegentlich Bemerkungen, die witzig gemeint waren. Ich erinnere mich, dass einer meiner Freunde großen Spaß daran hatte; doch mein Problem war, dass er dachte, alles, was ich sagte, sei witzig. Sagte ich, es würde ein schöner Tag werden, explodierte er vor Lachen. Erzählte ich ihm, meine Lieblingskatze sei gestorben, bekam er einen Lachkrampf. Es war nicht leicht, Worte zurückzuhalten, die unserer Freundschaft hätten schaden können. Aber vielleicht hätte ich sie straflos aussprechen können. Hätte ich ihn einen Trottel genannt, hätte er es wohl für einen großartigen Scherz gehalten und es jedem erzählt, der ihm über den Weg lief.«

Jeromes ambitionierteste Bücher waren alles andere als humoristisch. Sein großer autobiografischer Roman *Paul Kelver* (1902) handelte von einer wechselhaften Künstlerkarriere in London und wurde von der zeitgenössischen Kritik mit Dickens' Werken verglichen. *All Roads Lead to Calvary* (1919) verarbeitete die bestürzenden Erfahrungen, die er während des Ersten Weltkriegs gemacht hatte, und auch sein letztes Theaterstück, *The Soul of Nicholas Snyders* (1927), das wenige Monate vor seinem Tod uraufgeführt wurde, drehte sich um moralische Fragen. Jerome K. Jerome bedauerte, dass diese anspruchsvolleren Arbeiten nie so populär wurden wie seine humoristischen Werke. Doch seine Größe bestand auch darin, über sein Scheitern lachen zu können. »Ihr beurteilt mich natürlich nach den Geschichten, die ihr von mir gelesen habt«, schrieb er in *The Second Thoughts of an Idle Fellow* (1898), »aber damit tut ihr mir unrecht. Ich wünschte, ihr würdet mich nach den Geschichten beurteilen, die ich euch nicht erzählt habe, die ich euch eines Tages erzählen werde.«

Alexander Pechmann

Editorische Notiz

Diary of a Pilgrimage von Jerome K. Jerome erschien erstmals 1891 in der Zeitschrift *Daily Graphic*. Die Buchausgabe folgte im selben Jahr bei J. W. Arrowsmith, Bristol. Die Übersetzung folgt der Neuausgabe von Nonsuch Publishing, Stroud, Gloucestershire 2006.

Hilfreich für Edition und Nachwort war die Biografie *Below the Fairy City. A Life of Jerome K. Jerome* von Carolyn W. de la L. Oulton.